# O HERDEIRO

José Vital

# O herdeiro

Coleção
NOVOS TALENTOS DA LITERATURA BRASILEIRA

novo século®

São Paulo 2010

PRODUÇÃO EDITORIAL Equipe Novo Século
PROJETO GRÁFICO E COMPOSIÇÃO S4 Editorial
CAPA Equipe Novo Século
REVISÃO Patrícia Murari
Alexandra Resende

**DADOS INTERNACIONAIS DE CATALOGAÇÃO NA PUBLICAÇÃO (CIP)**
**(Câmara Brasileira do Livro, SP, Brasil)**

Pessoa, José
O herdeiro / José Vital. – Osasco, SP : Novo Século Editora, 2010. – (Coleção novos talentos da literatura brasileira)

1. Ficção brasileira I. Título. II. Série.

10-00802 CDD-869.93

Índices para catálogo sistemático:

1. Ficção : Literatura brasileira 869.93

2010
IMPRESSO NO BRASIL
PRINTED IN BRAZIL
DIREITOS CEDIDOS PARA ESTA EDIÇÃO À
NOVO SÉCULO EDITORA LTDA.
Rua Aurora Soares Barbosa, 405 – 2º andar
CEP 06023-010 – Osasco – SP
Tel. (11) 3699.7107 – Fax (11) 3699.7323
www.novoseculo.com.br
atendimento@novoseculo.com.br

# Apresentação

Era um dia de domingo, há uns treze anos. Durante o almoço, eu, meu irmão e minha irmã, não sei por qual motivo, discutimos sobre cada um escrever um livro.

De cara meu irmão mencionou que já tinha um projeto. Escrever sobre a "Teoria da Dominacão". A ideia seria explorar como grandes corporações controlam atualmente os padrões de consumo e comportamento dos clientes por intermédio de vários tipos de ferramentas (cartões de fidelidade, históricos etc.) e utilizar este pano de fundo para contar uma história interessante. Minha irmã também tinha o seu projeto (já não me lembro mais qual era) e eu, não tinha ideia sobre o que eu escreveria. Já tinha criado o hábito, naquela época, de escrever por hobby e para fins de exercício, no entanto, escrever um livro era algo diferente.

Ainda na tarde daquele mesmo domingo, sentei de frente ao nosso "desktop" pensei um pouco sobre livros que eu tinha lido recentemente e, naquela época, tinha acabado de ler um livro de Jack Welch e um livro de John Grisham e pensei em escrever algo envolvendo advogados e negócios. Levei uns quinze minutos para escrever o primeiro capitulo do *O Herdeiro*, muito similar ao que agora é publicado.

Depois disso, adquiri o hábito de pensar sobre o livro nas horas vagas e enquanto me deslocava de uma viagem de trabalho a outra, quando tinha tempo livre, escrevia um trecho do que eu havia idealizado. Levei uns seis ou sete anos neste ritmo displicente para terminar de escrever um primeiro rascunho. Depois disso, imprimi uma via e entreguei para um amigo, meu irmão e minha irmã, juntamente com um *checklist* no qual pedi um *feedback*. Apenas minha irmã, professora de Português, leu o livro e me deu um *feedback*, digamos assim, construtivo, além de sugerir uma troca do título.

Depois disso, uma copia do livro ficou encostada no canto do meu apartamento provavelmente mais uns dois anos, até que num domingo, de novo, meu Pai viu aquilo e pediu para ver o que era. Quando expliquei que era um livro ele pediu para levar para casa. Uns quatro dias depois ele me ligou dizendo que tinha adorado o livro, fazendo vários elogios e afirmando que eu deveria publicá-lo. Fiquei feliz mas, pensei, é meu pai, é lógico que ele vai me incentivar! Depois do entusiasmo de meu Pai, meu irmão resolveu também ler o livro. Uns quatro dias depois me ligou dizendo que também tinha adorado e que não conseguiu largar o livro enquanto não terminasse a leitura. Fiquei um pouco mais entusiasmado porém, ainda pensei: *é meu irmão e é claro que ele iria elogiar.*

Um pouco depois disso, muita coisa aconteceu em minha vida. Minha filha nasceu, mudei de Recife para São Paulo, bastante trabalho e, confesso, esqueci um pouco sobre essa história de livro.

Mais ou menos um ano atrás, um colega de trabalho me enviou um link do seu blog pessoal sobre livros. Leitor "compulsivo",esse amigo já tinha em seu blog vários seguidores para discutir e avaliar diversos tipos de livros. Pedi para que ele fizesse a leitura do meu "rascunho" e após alguns dias ele não só tinha lido tudo, como tinha feito algumas sugestões e também alguns elogios. Agora estava mais convencido, afinal não era uma crítica vinda de algum parente. Além disso, esse colega me indicou a "Colecão Novos Talentos da Literatura Brasileira da Novo Século", que eu não conhecia, confesso. Com base neste incentivo adicional, enviei o livro para a Novo Século que, seis meses depois, me respondeu com a seleção informando a publicação. Mais seis meses de revisão e preparação e agora vocês tem essa historia disponível e publicada. Ainda tive uma ajuda na reta final de publicação de um grande amigo, que fez uma leitura e algumas contribuições importantes.

Essa apresentação é para explicar a quem dedico à obra e sua publicação. Primeiramente a minha irmã, Carla Maria que se dispôs a fazer a primeira leitura, meu Pai, José Vital (também!) a quem considero meu fã número um pelo entusiasmo e incentivo, meu irmão, Domingos Savio, pelo incentivo e entusiasmo com o livro e ao André Maia, colega do trabalho que me indicou a Novo Século e me incentivou a buscar essa publicação. Também dedico ao grande amigo Rafael Guimarães, pela leitura e contribuições finais.

Não poderia deixar de dedicar à minha esposa Camila e minha filha, Julia, ambas são a razão da minha vida, e a minha mãe, Ivete Malaquias, por ser também um dos meus referenciais.

Aos amigos e parceiros profissionais, principalmente aqueles com quem convivi durante o período que escrevi a primeira versão deste texto.

Aos leitores que espero se entretenham e se divirtam com o livro.

Essa é a ideia!

Forte abraço a todos.

*O autor*

# Capítulo 1

Parecia um dia comum, tinha chegado ao escritório no horário de sempre, todas as pessoas estavam lá e tudo o mais aparentava estar no seu devido lugar. As coisas estavam caminhando bem, já estava trabalhando nesse escritório há alguns anos, tinha recebido recentemente uma nova promoção e, consequentemente, um bom aumento de salário, minhas avaliações eram sempre as melhores possíveis e constantemente ouvia de meus superiores que minha carreira tinha tudo para ser um sucesso. As perspectivas eram realmente ótimas e eu estava num dos maiores escritórios de advocacia da cidade, com os melhores advogados e já era considerado um deles, não podia ser melhor.

– Sr. José – falou no tom invariável de sempre a secretária. – O doutor Augusto pede para o senhor ir à sala dele.

O "Dr. Augusto" era o principal sócio do escritório e não me recordo de ter ido à sua sala muitas vezes, nesse exato momento só conseguia lembrar-me de uma vez; o dia em que fui contratado.

– O doutor Augusto comentou sobre qual assunto deseja conversar comigo? – perguntei, um pouco nervoso, à secretária.

– Não – respondeu, com frieza.

A senhora Marta era uma daquelas secretárias que possuem grande poder dentro do escritório, tem a confiança do principal executivo da empresa e somente a ele é que deve prestar conta, portanto, não estava muito preocupada em parecer agradável para mim.

A mesma senhora Marta encaminhou-me até o escritório do doutor Augusto e abriu a porta. Agradeci educadamente. Observei, quando entrei na sala, que o nosso principal advogado não estava só, em sua companhia estava o simpático doutor Ataíde. Doutor não pelo nível intelectual, ou pela quantidade de títulos acadêmicos que tenha acumulado, mas sim pela quantidade de dinheiro que conseguiu juntar durante a sua vida.

Esse senhor tranquilo, se não me falha a memória, deveria estar na casa dos 80 anos, tinha sido um empresário de sucesso, possuindo usinas, lojas comerciais, fazendas etc. Segundo informações do próprio doutor Ataíde, chegou a possuir um patrimônio de quase 100 milhões de dólares. Devido a problemas com familiares, ele tem quatro filhos (uma filha adotiva), e uma mistura entre família e negócios, o patrimônio do Sr. Ataíde foi minguando até ficar com algo em torno de pouco mais de 30 milhões de dólares o que, na minha opinião, não era nada mal. Entretanto, muitas pessoas acreditavam que seria muito mais.

Conheço em detalhes a história desse senhor por ele ser um cliente antigo do escritório e recentemente ter solicitado nossa ajuda legal para a elaboração do seu testamento. Seria um trabalho bastante simples, fui escalado para prestar esclarecimentos legais quanto à partilha dos bens, bem como efetuar o testamento que deveria ser assinado por ele.

Durante vários dias, estive no seu escritório e durante longas horas discutimos aspectos legais, como formalizar o testamento, como efetuar a partilha de maneira mais justa etc. Por incrível que pareça, apesar da idade e de uma doença que não gosto nem de falar o nome, o Sr. Ataíde possui grande lucidez e capacidade intelectual para discutir vários assuntos, inclusive legais. Discutimos durante várias horas e por vários dias, entretanto, ele não conseguiu tomar nenhuma decisão. Da última vez que estive com ele, disse-me que precisava pensar e depois entraria em contato.

– Queira sentar-se, por favor, Sr. José – falou doutor Augusto, num tom mais frio do que o da senhora Marta.

– Obrigado – respondi num tom ainda mais humilde do que usei para agradecer quando entrei na sala.

Até esse momento o doutor Ataíde estava calado e assim permaneceu. Doutor Augusto continuou:

– Sr. José, o senhor sabe que esse escritório de advocacia é um dos mais respeitados e um dos melhores escritórios do país, não sabe?

– Claro que sim, por esse motivo é que... – Fui desencorajado a continuar o meu discurso pela mão levantada do doutor Augusto – o clima não me parecia agradável.

– Muito bem, quais os motivos que o senhor acha que levaram a essa excelente reputação que conquistamos? – continuou o interrogatório.

– A qualidade de nossos serviços e a capacidade técnica do nosso quadro de pessoal, por exemplo – respondi como um bom aluno.

– Eu diria mais, a maneira singular como nós conduzimos a prestação de nossos serviços junto a nossos clientes, criando um vínculo de confiança e credibilidade entre nossa empresa e eles – falou olhando para mim, mas na verdade parecia estar falando para o Sr. Ataíde; balancei a cabeça concordando plenamente.

Como não falei nada ele continuou:

– Me deixa deveras constrangido e envergonhado quando um cliente vem até a mim para fazer queixas a qualquer falha que tenha ocorrido na condução de nossos serviços, o que ocorre algumas vezes, porém, me deixa totalmente fora do sério quando um cliente me faz queixas referentes a funcionários que teriam sido negligentes e desatenciosos no atendimento de suas necessidades.

Embora parecesse, ele não podia estar se referindo a mim, muito menos no serviço que prestamos ao Sr. Ataíde, eu tinha me dedicado da melhor maneira possível, efetuando pesquisas, tirando dúvidas, até fazendo trabalhos que nada tinham a ver com o serviço legal, como por exemplo, planilhas para simular os reflexos financeiros de cada uma das diversas decisões que ele tomava e, nesse aspecto, eu estava seguro, pois tinha atingido não só suas expectativas, eu as tinha superado.

– Concordo plenamente com o senhor – falei, dessa vez bastante seguro.

– Como é que o senhor explica então a queixa que o doutor Ataíde veio me fazer hoje, pessoalmente, de que o senhor não só não o ajudou o suficiente, como também não conseguiu concluir o trabalho proposto, e que o doutor Ataíde, mesmo sendo um antigo cliente nosso, teve de contratar outro advogado que não só foi de grande ajuda, como resolveu o seu problema, estando inclusive o testamento dele, nesse exato momento, pronto e sem ter sido preparado por nós?

Eu não sabia explicar como esse "simpático" velhinho não conseguia tomar uma decisão, e pediu um tempo para pensar e garantiu que entraria em contato logo que tivesse chegado a alguma conclusão. Ele não entrou em contato e contratou outro advogado que preparou o seu testamento. Era realmente inadmissível, embora não entendesse, nesse momento, me senti um incompetente.

– Acho que ocorreu algum mal entendido Sr. Augusto, eu... – mais uma vez ele levantou a mão interrompendo a tentativa de me explicar.

– Eu não quero ouvir nenhuma palavra sua – falou dessa vez num tom grosseiro. – Já tomei a minha decisão, o senhor a partir desse momento não faz mais parte desse escritório, queira, por favor, passar no departamento pessoal para resolver todas as pendências entre o senhor e essa empresa. O senhor está demitido!

Aquelas palavras entraram nos meus ouvidos como uma marretada numa pedra, eu não podia acreditar no que estava acontecendo, nada daquilo fazia sentido, eu poderia argumentar, gritar, exigir que o senhor Ataíde me desse uma explicação, porém, a maneira como o "doutor" Augusto conduziu a situação me fez querer sair da empresa o mais rápido possível. Eu tinha sido destratado, um dos direitos fundamentais, o de defesa, tinha sido negado por um "grande" advogado. Eu estava revoltado, apenas levantei-me e deixei a sala. O senhor Ataíde, aquele senhor simpático, não falou uma única palavra. E aquele dia que parecia comum, foi bem diferente do que eu imaginava.

Ao sair da sala do Dr. Augusto dirigi-me ao departamento pessoal conforme solicitado e, como ainda era muito cedo, não havia muita gente trabalhando. Enquanto resolvia a parte da papelada, a notícia se espalhou pelos quatro cantos do escritório e as pessoas começaram a me procurar. Um grande amigo meu entrou no RH e disse: "Ricardo, o que houve? Soube que o Dr. Augusto demitiu você, que loucura é essa?". Eu não estava muito disposto a discutir sobre o assunto apenas respondi: "Não gostaria de conversar sobre isso neste momento". Ele ainda comentou: "O Adalberto está indo procurar o Augusto para tentar entender".

O Adalberto é um sócio experiente do escritório e era meu "tutor" desde o início da minha carreira. Ele sempre me incentivou e sempre destacava que de acordo com as competências que eu vinha desenvolvendo teria um futuro promissor. Pelo que meu amigo falou, ele não tinha entendido a demissão e estava procurando o doutor Augusto para falar sobre o assunto.

Ao sair do escritório, o mais rápido que pude para não ter de conversar com mais ninguém, dei de cara com um colega que eu preferiria não ter de encontrar neste momento. Carlos era um daqueles advogados carreiristas que fazia de tudo para se "dar bem". Muitas vezes gostava de trazer o mérito dos trabalhos só para ele e ainda era arrogante com os mais novos. Já tínhamos discutido várias vezes devido à incompatibilidade de personalidade. Senti que ele estava degustando o momento quando me disse:

– Eu sabia que este dia iria chegar, Ricardo. Seu lugar não é este.

Após a atitude do Augusto e a postura de pessoas do tipo do Carlos, eu estava chegando à conclusão que ele estava certo. Não fosse o Adalberto chegar por de trás do Carlos e, comentando em minha direção, eu teria esquecido que aquele lugar costuma ser um ambiente de ética e credibilidade, o doutor Augusto e Carlos estavam fazendo eu me esquecer disto.

– Ricardo, como sócio deste escritório eu quero lhe dizer que eu pessoalmente vou tirar este assunto a limpo, alguma coisa está cheirando muito mal nisto tudo e eu lhe garanto que vou descobrir o que está acontecendo.

E continuou:

– Quanto a você Carlos, acho que deve medir suas palavras para que você, sim, seja digno deste lugar.

Eu realmente não tinha espírito para discutir o mérito da questão nem com o Adalberto nem com o Carlos, ou com quem quer que fosse. Simplesmente encarei os dois por alguns segundos. Dei um abraço no Adalberto, ignorei o Carlos e desapareci daquele lugar.

* * *

Tudo que eu queria naquele dia era um bom jantar. Tomar um bom vinho e descansar a cabeça no travesseiro cedo para procurar entender tudo que estava acontecendo. Liguei para Rebecca, minha namorada e marcamos o que para mim seria um jantar para relaxar.

Tudo estava correndo bem no jantar até que chegamos no assunto da minha demissão. Comentei com Rebecca que não entendi muito bem o motivo que levou o velho Ataíde a pedir minha cabeça. Fiz uma explicação breve do serviço que tinha prestado para ele e da dificuldade dele em tomar uma decisão.

– Acho que você deveria ter focado nos aspectos legais em vez de ficar tentando tomar a decisão junto com o seu cliente. Somos advogados e devemos focar nos aspectos legais. Talvez por isso você tenha frustrado o seu cliente.

– Frustrado meu cliente. Fiz tudo que o meu cliente pediu e ainda mais. Ele não levantou nenhum ponto legal que eu não tenha analisado em detalhes e Rebecca não sabia nada do assunto e também já estava me acusando. Onde é que esses advogados estão com a cabeça hoje.

– Rebecca, meu cliente não tinha motivos para ficar frustrado. Todos os assuntos foram discutidos calmamente, e os aspectos legais foram avaliados com todo o cuidado requerido. Não tenho dúvidas de que atendi o senhor Ataíde de maneira adequada. – Estava falando com calma e tentando explicar para a Rebecca os motivos que me faziam acreditar nisto, entretanto ela interrompeu.

– Ricardo, não crie resistência. Se você tivesse sido tão perfeito assim seu cliente não iria pedir sua demissão, certo? Em vez de ficar aí dizendo que fez tudo certinho, acho que você deveria analisar tudo o que fez e descobrir onde errou para não cometer um erro tão grave novamente.

Eu não estava acreditando naquilo. Eu queria relaxar e minha namorada agora estava concordando que eu realmente deveria ter sido demitido. Realmente este não era um bom-dia.

– Rebecca, me desculpe, mas eu acho que você não sabe o que está falando. Você não sabe dos detalhes do trabalho que fiz, do meu cliente, nem de como a coisa foi colocada. Realmente tem algo muito esquisito neste assunto e eu ainda não sei exatamente o que é, porém vou descobrir.

– Ricardo, só estou falando para você cair na real. Se você não for humilde, para reconhecer que errou você não vai conseguir aprender com esta lição e melhorar. Para quê ficar se iludindo, um cliente ficou insatisfeito com você de forma grave e pediu sua demissão. É isso. Seja humilde, talvez você possa evitar que isto ocorra novamente.

Não sei se devido ao estresse deste dia, ou pelo excesso de arrogância que vi hoje em vários momentos, e esse da Rebecca era mais um, estourei. Reconheço que me descontrolei como há tempos não acontecia comigo. Virei para Rebecca e falei:

– Você não sabe o que está falando, Rebecca. Eu não vou ficar aqui discutindo com você, ainda mais com esse seu ar arrogante.

– Arrogante? Estou tentando te ajudar.

– Me ajudar? Você está dando um sermão como se eu não soubesse reconhecer um erro. É claro que sei e posso lhe garantir que não é esta a questão que está em jogo nesta história.

– Você me chama de arrogante Ricardo, entretanto, você é que é tão orgulhoso que não consegue reconhecer uma falha. – Desta vez eu interrompi.

– Rebecca, isso não está chegando em lugar nenhum, é melhor pararmos por aqui – falei referindo-me a conversa.

– Concordo, Ricardo. Acho melhor pararmos tudo por aqui, antes que alguém se machuque de verdade.

– Como assim?

– Estou falando que nos conhecemos há poucos meses e num relacionamento em que não se consegue conversar sobre os problemas não se pode ter muito sucesso.

– Você está terminando nosso namoro, Rebecca?

– Acho que sim. Estou um pouco confusa, acho melhor darmos um tempo.

– Era só o que me faltava hoje, está ótimo então. Se for assim que você quer, por mim está ótimo. – Falei totalmente descontrolado, pedi a conta e fomos embora. No caminho do restaurante até a casa dela fomos calados. Na despedida ela simplesmente disse:

– Vamos dar um tempo e depois nos falamos, está bem?

– O.k. – falei friamente.

Enquanto dirigia para casa eu simplesmente não podia acreditar. Eram 11h50 da noite e eu rezava para que aqueles dez minutos passassem o mais rápido possível e que nada mais desagradável acontecesse naquele dia. Fui para casa tentar dormir. Seria difícil.

# Capítulo 2

As estrelas brilhavam com se estivessem dançando. Desde a primeira noite do dia em que fui sumariamente dispensado do meu emprego eu adquiri o hábito de sentar na varanda e ficar alguns minutos olhando para o céu, só olhando e pensando, é incrível como a gente fica tão limitado ao nosso dia a dia que esquece de apreciar a beleza existente ao nosso redor. Já se passaram algumas semanas e eu ainda não resolvi que destino tomar. Surgiram algumas propostas, mas não estavam dentro das minhas expectativas. Os escritórios maiores, que conseguem recrutar sempre que necessitam, não mostraram interesse no meu currículo, talvez pela forma como fui demitido, e pelos rumores que se espalharam de que eu teria agido de maneira "inadequada" no antigo emprego. Ou talvez por não ter procurado o bastante. Eu estava aproveitando esse tempo para refletir sobre a minha carreira.

Constantemente aquela pergunta voltava a me aparecer na cabeça:

Que motivo levou meu cliente a agir daquela forma?

Tentei em vão entrar em contato com o senhor Ataíde após aquele episódio. Não que quisesse tomar satisfações ou reclamar, mas sim por querer saber o que foi que fiz de tão grave para fazê-lo tomar aquela decisão tão absurda. Na maioria das vezes gostaria de não pensar nisso, mas às vezes era difícil.

Acordei com o calor do sol no meu rosto. Como aconteceu algumas vezes nesses últimos dias, adormeci na varanda e minhas costas dão sinal de vida quando tento me levantar.

Mais um dia se estendia pela frente e minha cabeça já começa a trabalhar pensando no que devo fazer, afinal de contas, eu tinha algumas reservas que me manteriam durante algum tempo, mas muito em breve precisarei começar a fazer dinheiro novamente. Embora seja solteiro, já adquiri um relativo nível de conforto material, pago o aluguel de um bom apartamento, um financiamento de um carro, algumas despesas fixas elevadas, portanto, tinha de começar a pensar em algo.

Ao abrir a porta, embora fosse apenas 6 horas da manhã, o jornal já tinha chegado. Começo a folhear algumas páginas e me deparo com uma notícia que deveria me deixar alegre, mas que na verdade me deixou triste: "Família chora a despedida do doutor Ataíde de Andrada"; e em quatro parágrafos o jornalista fazia um breve resumo sobre a vida do doutor Ataíde e sobre a tristeza da família com a perda do querido pai, avô e irmão. Eu, sinceramente, lamentei a sua despedida e desejei que ele estivesse bem nesse momento, onde quer que esteja. Com a morte dele ficaria mais difícil entender os motivos que o levaram a agir daquela forma. De qualquer forma, agora não importava mais. Eu tinha de me equilibrar e achar um novo rumo para minha vida e ficar remoendo esses assuntos não iria ajudar muito.

Estava me preparando para sair, tinha marcado uma entrevista para as 8 horas da manhã no escritório em que um ex-colega de faculdade estava trabalhando, quando o interfone tocou. Passavam alguns minutos das 7 horas.

– Sr. José – falou meio preocupado o porteiro. – Tem um homem aqui querendo falar com o senhor, aguarde só um pouquinho.

– Sr. José? – disse o homem.

– Sim – falei curioso.

– Desculpe incomodar a essa hora da manhã, porém o tempo é curto e temos muito que fazer.

– Temos? – Interrompi o cidadão. – Não seria melhor o senhor começar se identificando?

– Pois não, meu nome é João Batista, eu sou o advogado responsável pelo testamento do senhor Ataíde de Andrada e preciso muito conversar com o senhor, posso subir?

Embora achasse aquilo muito estranho, autorizei a subida do meu visitante, pois estava muito curioso para saber o que ele queria comigo.

– Deseja alguma coisa, um café, uma água? – perguntei ao recebê-lo na porta do meu apartamento.

– Não, obrigado.

Sentamos à mesa da sala e esperei que ele começasse a explicar-se.

– Senhor José, faz pouco mais de dois meses que o doutor Ataíde me procurou para fazer o testamento dele, acontece que ele ainda não sabia o que fazer com os seus bens.

*Não me diga*, pensei comigo. Deixei que ele continuasse.

– O problema é que os negócios não iam nada bem e, na verdade, o doutor Ataíde, cada vez que analisava, verificava que a herança que ele ia deixar na realidade seria pouco mais do que um milhão de reais após a liquidação de todas as dívidas. As suas empresas não estavam numa situação financeira muito boa, entretanto ele sabia que se fossem bem administradas poderiam reverter essa situação e voltar a gerar lucros.

– Eu sabia que ele tinha dívidas, porém as mesmas deveriam ser administradas por seus herdeiros, da mesma forma que seu patrimônio, pelo menos era isso que ele pretendia - falei lembrando de minhas conversas com o meu finado cliente.

– Pois é, acontece que ele simplesmente não conseguia achar ninguém na sua família que fosse confiável para administrar seus bens e entre seus executivos ele desconfiava que a má situação dos negócios poderia ser fruto de algum tipo de traição ou corrupção de alguns deles. Ele, simplesmente, não confiava em ninguém aos 80 anos de idade, simplesmente não tinha uma única pessoa na qual ele sentisse confiança para tomar conta de seus negócios após a sua morte. Ele achava que a primeira decisão que seus herdeiros iriam tomar após a sua morte seria vender tudo e dividir o que restou para cada um, seria o fim de tudo que ele tinha conseguido construir em toda a sua vida. Esse pensamento o deixava totalmente aterrorizado – o advogado falou como se fosse amigo do doutor Ataíde.

Era triste, mas era verdade, lembro-me muito bem que algumas vezes o doutor Ataíde se queixava de seus executivos, todos muito bem de vida e todos gastando bastante, enquanto os negócios iam ladeira abaixo. Com relação à família, sabia que dois de seus filhos eram diretores do grupo e que os demais possuíam cotas do negócio e sempre exigiam mais dinheiro para as suas extravagâncias. O doutor Ataíde pode ter sido um sucesso como empresário, porém, falhou quando achou que podia viver para sempre e não formou ninguém responsável para substituí-lo.

– Dessa forma – continuou meu colega de profissão –, o doutor Ataíde escolheu o senhor para administrar os seus negócios após a sua morte.

Fiquei alguns minutos calado, mais uma vez não entendia nada do que estava acontecendo, me escolheu para administrar os seus negócios? Esse cara só podia estar brincando ou então esse velho tinha ficado maluco antes de morrer. Eu mal o conhecia, como é que ele ia me dar um patrimônio de 10 milhões para administrar, ainda mais cheio de dívidas, isso não fazia sentido.

– Que brincadeira é essa meu amigo? – falei irritado. – Eu mal conhecia esse senhor, como é que ele me colocou como seu principal herdeiro? – falei totalmente surpreso.

– Quem falou que você seria herdeiro? – Na verdade, o doutor Ataíde deseja contratar o senhor para administrar o seu patrimônio após a sua morte, ele não vai lhe dar nenhuma herança, tudo que pertencia a ele continuará pertencendo à família, entretanto o senhor será o único responsável pela administração dos bens e dos negócios.

Falou com se tudo fosse óbvio e eu um verdadeiro idiota por não ter entendido.

– Escute... – continuou. – Eu tenho de ir embora agora, você não precisa me dizer nada nesse momento, aqui tem um material que você precisa analisar antes de mais nada, leia tudo com bastante atenção, mais tarde entrarei em contato.

Falou isso e se levantou para ir embora, ainda tentei falar alguma coisa, mas o meu colega estava realmente com pressa, levantou-se e foi embora deixando em cima da mesa um envelope volumoso com o meu nome escrito.

* * *

Comecei abrindo o envelope, estava muito curioso, já era mais de 8 horas e eu já tinha perdido a minha entrevista. De qualquer forma, não precisava mais me apressar. Ainda pensei em telefonar para meu colega de faculdade, mas estava muito mais interessado no conteúdo do envelope. *Mais tarde eu me explico*, pensei. O primeiro papel do envelope era um roteiro, eu deveria começar assistindo a uma fita de vídeo, que continha uma explicação do senhor Ataíde e, posteriormente, vinham o testamento, meu contrato de trabalho (o qual eu deveria assinar se concordasse com todas as condições), posteriormente ao contrato de trabalho estavam relacionadas as procurações que o senhor Ataíde tinha deixado em meu nome e que só teriam efeito caso eu assinasse o meu contrato de trabalho. Mal comecei a ler o roteiro e minha mente já começou a questionar a validade legal de tais documentos, eu não devia me preocupar com isso agora, pois o senhor Ataíde já tinha contratado um advogado que foi responsável por toda parte legal. Vou seguir o roteiro e começar assistindo ao vídeo.

A fita durou aproximadamente noventa minutos e foi bastante emocionante ver e ouvir uma pessoa que já não estava mais entre nós falar sobre sua vida e suas angústias. O senhor Ataíde da Silva de Andrada tinha nascido há oitenta e dois anos e, logo cedo, por volta dos 8 anos de idade, começou a trabalhar ajudando o pai e nunca mais parou. Ele começou falando sobre sua infância difícil, sobre a vida de muito trabalho e esforço, depois chegaram os anos de sucesso, os filhos etc.

Fiquei surpreso ao saber que algumas instituições de caridade sobrevivem graças às suas contribuições e que também uma de suas grandes angústias seria o destino delas após a sua morte. Após falar sobre sua vida o senhor Ataíde começou a falar sobre mim. Disse que tinha visto um brilho especial nos meus olhos que o fez confiar em mim sem medo. Falou que desejava ter esse tipo de confiança "intuitiva" em alguém mais próximo, mas não conseguiu. Após isso explicou seu plano. Como pretendia me utilizar como seu procurador após sua morte, teve medo que o meu vínculo com a empresa do doutor Augusto pudesse dar algum tipo de poder à firma sobre os seus negócios, afinal eu era advogado da empresa e tinha prestado serviços tão bons que ele tinha me escolhido para representá-lo. É claro que a empresa poderia dar um jeito de me vincular a ela e utilizar seu poder sobre mim e, consequentemente, sobre os seus negócios. Pelo menos foi isso que ele achou e por isso aprontou aquela comigo. Logo após explicar tudo se desculpou, entretanto, ele disse que o Augusto é muito "esperto" e poderia me manipular quando soubesse de tudo, portanto, precisava fazer algo que me desligasse por completo do escritório.

Quanto a isso realmente ele não precisa mais se preocupar, o doutor Augusto não vai ter nenhum tipo de influência sobre mim, não mesmo. Continuou explicando que só não falou comigo antes, pois ainda não havia terminado de definir, junto com seu advogado, o que faria. Fiquei sabendo também que o João Batista era seu amigo de longa data, entretanto, morava numa cidade distante da nossa e foi chamado especialmente para cuidar de suas últimas decisões. Era uma pessoa totalmente confiável, ele me garantiu. Disse também que após decidir o que ia fazer não falou comigo por temer que eu não aceitasse a sua proposta, ele achou que seria mais fácil me convencer estando morto, pois "como é que eu ia deixar de fazer o último desejo de um homem?", falou ainda bem-humorado na fita.

Para terminar, ele explicou as regras do jogo. Eu seria responsável por sua parte nos negócios, seria seu procurador, teria a maioria absoluta das ações de suas empresas, o que me daria poder para tomar decisões sobre os negócios e conduzi-los da maneira que achasse conveniente. Se eu aceitasse, teria direito de receber um salário mensal fixo, que poderia ser aumentado sempre que houvesse unanimidade no Conselho de Administração sobre esse assunto. O Conselho de Administração era formado por todos os acionistas, basicamente, os seus filhos e alguns executivos, inclusive de fora da empresa. Nesse momento parei para pensar: *quando é que esse pessoal iria me dar aumento? Nunca!!!* Aí ele explicou que sua ideia era me manter motivado em busca de resultados. A lógica era simples, se eu administrar as empresas bem, como ele acredita que eu vou fazer (não sei como), os acionistas vão ficar felizes e terão prazer em me dar aumento. Do jeito que ele explicava parecia tudo muito simples e fácil!

Todo o processo estava estabelecido para um prazo de alguns anos e que apenas o João Batista saberia o prazo correto e somente estava autorizado a informar a data final, caso eu aceitasse a oferta, no momento oportuno e combinado com o senhor Ataíde.

Continuando as regras, explicou que as retiradas dos acionistas só poderiam ser efetuadas quando as empresas voltassem a dar lucro. Essa decisão ele fez questão de deixar bem claro para fazer com que os seus filhos não tentassem receber dinheiro enquanto as coisas não melhorassem, entretanto eu seria obrigado a pagar os dividendos sempre que os lucros aparecessem. Para completar ele citou a hipótese, caso eu não aceite ou morra, nesse caso, tudo seria liquidado e seus bens seriam vendidos e o dinheiro doado a uma instituição de caridade que ele citou o nome, pertencente a um grande amigo seu, portanto, encerraria de uma vez com seus negócios e com qualquer tipo de intriga dentro da família. Explicou, ainda, que o nosso amigo João Batista ficaria responsável por me fiscalizar e qualquer ato ou decisão que tomasse fora do contrato que iria assinar, como, por exemplo, liberar dinheiro para os acionistas antes dos lucros reaparecerem, ele teria poder de rescindir o contrato e acionar o plano B, ou seja, vender tudo e doar para a instituição de caridade. No final da fita ele ainda citou alguns detalhes relativos à continuidade dos negócios após minha saída. *No momento oportuno você saberá os próximos passos*, falou enigmático. *O João irá lhe informar no momento adequado.*

Eu estava realmente sendo contratado por um senhor que acabara de falecer. A quantidade de informações contidas naquela fita e nos papéis era enorme. Eu estava confuso, precisava parar e pensar um pouco. Já passava das três horas da tarde e só agora percebi que estava com fome, não tinha sequer pensado em almoçar.

★ ★ ★

Ao terminar a análise do material, quis falar com o João Batista. Havia muitas dúvidas para serem esclarecidas e ele era a única pessoa capaz de me explicar. Só agora percebi que não havia obtido nenhum número para contato, eu teria que esperar até que me procurasse, a ansiedade era enorme. Aproveitei o tempo disponível para pensar em tudo que estava acontecendo. Se eu topasse o desafio, teria uma grande responsabilidade pela frente, bem como lidar com pessoas bastante difíceis.

Analisando friamente, o custo desse desafio parecia bem maior do que o benefício. Eu estaria arriscando minha carreira como advogado, poderia ser responsabilizado pela falência do grupo, teria um monte de pessoas me odiando pelo simples fato de estar ocupando um lugar que não me pertencia, e seria obrigado a conviver com pessoas que eu não conhecia. Em contrapartida, o benefício seria apenas o fato de que meu problema de desemprego estaria resolvido, entretanto, eu poderia arranjar um emprego, com perspectivas de ganhar mais no futuro e sem precisar me arriscar tanto. Eu simplesmente não poderia aceitar a proposta, seria uma mudança enorme na minha vida e eu não estava disposto a isso. Além do mais, quando a notícia se espalhar todos vão saber que eu fui demitido injustamente, o que provavelmente vai elevar a minha empregabilidade. Definitivamente eu não preciso me arriscar tanto. Me desculpe senhor Ataíde, mas a instituição de caridade que o senhor mais gosta vai ter motivos para festejar nos próximos dias.

# Capítulo 3

Às nove horas da noite o senhor João Batista me ligou, porém eu já estava mais tranquilo, pois tinha decidido não aceitar a proposta e estava feliz com isso.

– Como vai senhor José? E aí, gostou do novo emprego? – falou tentando parecer descontraído, porém não conseguia esconder a sua preocupação.

– Eu já tomei minha decisão Sr. João Batista, embora eu tenha um enorme respeito pela memória do senhor Ataíde, eu não posso aceitar a proposta, é algo que simplesmente não faz o menor sentido. A única coisa que eu quero obter desse episódio é mostrar que a forma como fui demitido foi injusta e arbitrária, só isso. Dessa forma, espero ter a minha vida normal de volta.

– Eu não queria falar nada até que você se posicionasse com relação ao assunto, tinha medo de influenciar na sua decisão, mas agora que você me falou posso dizer que foi a decisão mais sábia que o senhor tomou. Eu tentei fazer o Ataíde mudar de ideia ainda vivo, entretanto aquele velho era muito cabeça dura, essa invenção me pareceu loucura desde o começo - o Sr. João Batista falou com uma voz de tremendo alívio, ele realmente estava esperando para falar isso.

– Além do mais, meu filho, você não conhece a família do Ataíde. São pessoas difíceis de lidar, alguns, inclusive filhos, com reputação muito duvidosa. Eu acho que você vai se livrar de uma verdadeira encrenca – desabafou mais uma vez o meu nobre colega.

Eu já estava bastante convencido e as palavras do Sr. João Batista estavam ajudando a me convencer cada vez mais que a minha decisão era a mais inteligente, as coisas estavam se resolvendo na minha vida.

– Olha senhor José, gostaria que me acompanhasse na reunião que será realizada daqui a dois dias onde será feita a leitura do testamento para a família e será muito importante a sua presença no local, para explicar a sua decisão e apresentar os desejos do senhor Ataíde. Será que o senhor poderia fazer esse favor?

Ele parecia realmente precisar de ajuda para enfrentar essa reunião, eu não tinha nada a perder, era apenas ir lá explicar tudo o que aconteceu e fazer valer as últimas decisões do senhor Ataíde.

– Não vejo problemas com relação a isso, irei sim à reunião com o senhor, basta me explicar o local e a hora.

– Entrarei em contato, um abraço.

★ ★ ★

Mais um dia se iniciava e logo pela manhã recebi a ligação do Sr. João Batista.

– Sr. José, a reunião será no escritório da Usina Macapé às duas horas da tarde de amanhã, o senhor irá realmente participar?

– É claro! – falei um pouco inseguro.

– Então está tudo certo, a sua posição continua a mesma?

– Sim, irei alegar que não tenho condições de assumir tal compromisso e recusarei a proposta do senhor Ataíde.

– Acredito que você está tomando a decisão mais acertada, meu rapaz. Já que está tudo confirmado, irei convidar o presidente da associação de caridade escolhida pelo Ataíde para a reunião, tudo bem quanto a isso?

– Para mim está ótimo, resolveremos todo o caso de uma só vez.

– Então, até amanhã.

Meu novo amigo parecia estar com pressa, tão logo se despediu de mim desligou o telefone sem dar tempo nem para responder o até amanhã que me foi dado. Provavelmente deve estar resolvendo um monte de papelada e se preparando para enfrentar as feras na reunião de amanhã. De minha parte, vou relaxar e esperar passar tudo, e que minha vida volte ao normal, que é tudo que quero.

★ ★ ★

A brisa às 5h30 da manhã já era bem quente. A corrida matinal fazia parte da minha terapia desde que eu tinha sido demitido do meu emprego anterior e já tinha sido incorporada à minha rotina. Primeiro, era uma forma de ocupar algumas horas de longos dias com alguma atividade saudável e, segundo, a sensação de bem-estar após os primeiros 5 quilômetros ajudavam a melhorar a minha autoestima, que ainda estava abalada. Hoje era diferente. A corrida me ajudou a degustar um pouco o fato de, finalmente, agora entendido tudo o que se passou na cabeça do meu cliente e que até então não tinha conseguido entender. Na minha mente havia uma mistura de alívio e raiva, o motivo do alivio era óbvio, porém o da raiva ainda não dava para ter certeza se foi pela "humilhação" desnecessária ou se pelo simples fato de ter sido envolvido numa mentira que jamais concordei ou concordaria. Meu sensor de batimentos cardíacos deu alerta que seria melhor eu mudar de pensamento, o que faz sentido, pois tudo nesse momento já era passado e eu precisava focar nos próximos passos.

Após 6 quilômetros eu já estava exausto. Na minha nova rotina já tinha conseguido atingir 10 quilômetros de corrida sem muita dificuldade, porém como na noite anterior praticamente não dormi, meu corpo estava um pouco debilitado. Resolvi parar para uma água de coco e mais alguns minutos de reflexão. Ainda hesitava, no entanto, sabia que não tinha outra alternativa em não participar da reunião, conforme sugerido por João Batista.

Enquanto degustava minha água de coco admirando o oceano e os que preferiam correr em plena areia fofa, fui surpreendido por um amigável "bom-dia!" ao meu lado. Era o Adalberto que estava passando também em sua corrida matinal e, quando me viu, parou para me cumprimentar.

– Bom dia, Ricardo. Como você está meu amigo? – perguntou ao dar um leve toque no meu ombro, depois estendendo a mão para um aperto.

–Vou bem Adalberto. E você?

–Tudo bem...tudo bem. – E complementou: – Que andas fazendo? Já estás trabalhando em algum lugar?

– Ainda não. Você sabe, a forma como fui demitido não me deu muita credencial para um novo emprego... – falei talvez mais para "alfinetar" o escritório que ele estava vinculado do que para refletir o que de fato vinha acontecendo. E depois complementei: – Mas parece que agora as coisas estão se resolvendo – falei sem pensar e percebi que agucei a sua curiosidade.

– Que bom então! Quais são as novidades?

Não gostaria de ter de comentar sobre esse assunto até tudo estar resolvido, porém agora era tarde demais, tinha de falar algo para o Adalberto. Ele era uma pessoa confiável e talvez eu pudesse comentar com ele.

– Não sei não Adalberto, talvez seja melhor falar quando tudo estiver definido - falei na esperança de deixar o assunto para depois.

– Que é isso Ricardo, já perdeu a confiança no seu amigo aqui? Tudo bem se não quiser falar, porém saiba que eu não vou comentar nada com ninguém no escritório, nem com o Augusto, caso você não queira.

– Tudo bem. Desculpe-me. Depois de tudo que aconteceu acho que vivo na defensiva agora. Claro que não tem problema em comentar com você. Tenho certeza que você manterá a sua costumeira discrição.

Dito isso, expliquei para o Adalberto tudo que tinha acontecido depois que deixei o escritório e também os recentes acontecimentos com o João Batista, o vídeo, e todas as razões que levaram o senhor Ataíde a pedir a minha demissão naquele dia. Terminei comentando sobre a reunião que teria de participar e compartilhei com ele um pouco da minha ansiedade com relação à reunião. Quando terminei de falar tudo, depois de alguns minutos, ele comentou:

– Meu Deus do céu! Que história maluca. Estou impressionado! Falou e logo em seguida percebeu que seu comentário não ajudou em nada a diminuir a minha ansiedade. Logo emendou:

– Quero dizer, sabia que tinha algo estranho naquilo tudo e agora dá para entender o que se passou na cabeça do Ataíde. Que coisa louca! – disse ele, pois ainda estava abalado com a novidade.

– Pois é, meu amigo. E eu de "bobo" passei por uns "maus bocados" por conta do nosso cliente. Onde já se viu fazer isso com alguém que você mantém apenas um vínculo limitado? Eu também fiquei muito surpreso. Agora tenho que aparecer numa reunião para dizer que tudo não passou de um grande equívoco e que eu não tenho nada a ver com isso, nem quero ter nada com toda essa história.

Adalberto pensou um pouco e depois comentou:

– Concordo plenamente com você, Ricardo. A pior coisa que você poderia fazer é levar essa história adiante. Se meter nos negócios dessa família e tentar resolver problemas que o nosso cliente nunca conseguiu resolver não faz o menor sentido. É muito melhor você seguir com sua carreira. Com certeza será bem mais fácil agora que tudo está esclarecido.

Eu não podia concordar mais com o Adalberto. Mais uma vez ele tentou me dar um valioso conselho, o que aceitei prontamente, aliás, apenas confirmava o que eu já havia decidido.

– De fato, é exatamente assim que eu penso hoje e é exatamente isso que vou deixar bem claro na reunião. Tenho medo que, por receio de vender tudo, os herdeiros queiram fazer alguma pressão para que eu aceite o desafio.

– É provável. É provável. Bem, boa sorte na reunião e cuidado por onde anda. Depois que resolver tudo me ligue para almoçarmos. Talvez possamos pensar em sua volta para o escritório, algo que talvez não queira considerar, o que seria compreensível, mas se houver uma possibilidade...

– Obrigado, meu amigo. Como diz o ditado nunca diga "dessa água não beberei", porém, para ser sincero, preferiria um outro desafio. Você sabe, depois de ter sido tratado daquela forma pelo Augusto, acho que não caberia muito bem voltar e fingir que nada aconteceu. Sempre fica alguma coisa!

– Enfim, vamos almoçar, pois eu também tenho outros contatos que podem ajudar.

– Obrigado mais uma vez. Acho que já está chegando próximo do meu horário limite. É melhor ir andando.

– Boa Sorte! – falou Adalberto, enquanto nos despedíamos.

Nossa conversa terminou por volta das 7 horas da manhã. Embora a reunião fosse apenas à tarde, tinha me "programado" para investir algumas horas da manhã revisando todo o material para avaliar se existiram outras alternativas para os herdeiros. Já que estaria por lá, talvez pudesse agregar na reunião de alguma forma. Joguei o meu coco no lixo e segui pelo meu rotineiro caminho de volta.

* * *

Faltam quinze minutos para as duas da tarde e estou parando o meu carro na portaria da usina Macapé. Como a reunião está marcada para as duas horas, calculei chegar pontualmente na hora marcada, de forma a passar o mínimo de tempo possível no local.

O tempo que levo da portaria até a sala indicada pela recepcionista é de aproximadamente cinco minutos. Ao entrar na sala encontro apenas o meu colega João Batista, ele está nesse momento preparando uma televisão e um vídeo que deverão ser utilizados nessa reunião.

Antes de qualquer tipo de cumprimento pergunto a ele quanto tempo ele acha que vai durar a reunião, eu estava com os nervos à flor da pele.

– Boa tarde para o senhor também, Sr. José – falou num tom irônico.

– Desculpe-me, acho que estou um pouco nervoso.

– Eu entendo, o Sr. Ataíde também preparou um vídeo para essa ocasião, calculando o tempo de apresentação do vídeo e assinatura dos papéis, acredito que em torno de duas horas estaremos encerrando.

Parecia uma eternidade para mim. Logo após falar isso entraram as primeiras pessoas na sala de reunião. Nesse momento, João Batista me deu uma cópia da lista de herdeiros do Sr. Ataíde, em ordem cronológica, para que eu pudesse identificá-los com mais facilidade durante a reunião.

Para a minha surpresa as primeiras pessoas a chegar foram o Sr. Ataíde Filho (primogênito, fácil de reconhecer pela idade, quase 60 anos), acompanhado do meu ex-patrão o Dr. Augusto. Percebi o espanto estampado no rosto do Dr. Augusto enquanto o João Batista tentou me apresentar ao Sr. Ataíde Filho, que ignorou o gesto, cumprimentou o Sr. João Batista e tomou o seu lugar na sala.

– O que esse rapaz está fazendo aqui? – perguntou o Dr. Augusto.

– Logo o senhor saberá – respondeu o Sr. João Batista. – Queira acomodar-se, por favor.

O Dr. Augusto simplesmente não entendeu nada, seu semblante era de total constrangimento, nem sequer dirigiu a palavra a mim, simplesmente sentou e aguardou o início da reunião. Logo em seguida entraram mais quatro pessoas, como nem ao menos dirigiram a palavra ao Sr. João Batista (quanto mais para mim), tive que tentar adivinhar quem seriam. Pareciam dois casais, não pelo carinho existente entre os mesmos, porém pelas alianças nos dedos e a forma como estavam discutindo ao entrar na sala, apenas casais conseguem discutir assuntos tão bobos, levando tão a sério a briga. Deduzi que seriam as filhas do Sr. Ataíde, é óbvio, uma vez que os homens jamais trariam as esposas para essa reunião. A primeira deveria ser a Sra. Lúcia de Andrada, aparência mais velha (pouco mais de 50 anos), acompanhada de seu marido o Sr. Paulo Roberto, que ocupava a diretoria comercial do grupo, (de acordo com a lista que o Sr. João Batista me forneceu). Lúcia não tinha qualquer cargo nos negócios. O outro casal deveria ser a Sra. Ana Júlia de Andrada (Diretora de Recursos Humanos do Grupo) e o Sr. Antônio Rodrigues (Gerente das usinas). O fato de Ana Júlia ter um cargo nos negócios, e isso eu me recordo das conversas com o Sr. Ataíde, deve-se ao fato de ter sido a primeira filha a concluir curso universitário, o que deixou seu pai muito satisfeito e lhe garantiu cargo de diretora. Esse é só um exemplo das arbitrariedades que foram cometidas nas empresas. O seu marido, Antônio Rodrigues, é apenas uma figura decorativa no grupo, uma vez que as usinas estão todas agonizando, muitas vivem de administrar dívidas e problemas, sendo o Sr. Antônio um deles.

A última pessoa a entrar no recinto é Patrícia de Andrada, a última filha do Sr. Ataíde, sendo que a mesma foi adotada no último casamento dele. Após a morte de sua primeira esposa há vinte anos, o Sr. Ataíde encontrou uma ex-namorada da época de adolescente, a Sra. Antonieta Lima, a qual também estava viúva. A paixão existente outrora retornou e os dois resolveram casar-se em pouco mais de um mês após o reencontro. Hoje a Sra. Antonieta vive sob cuidados médicos, também muito doente, e a Patrícia de Andrada, que sempre foi tratada pelo pai adotivo como uma filha natural, também tem sua participação nas empresas e foi chamada para a reunião.

Como já havia desistido de cumprimentar as pessoas que iam chegando, nem mesmo dei atenção quando a Sra. Patrícia entrou na sala, devo ter parecido tão mal-educado quanto seus irmãos quando ela bateu nos meus ombros, chamando minha atenção, para se apresentar.

– Olá, meu nome é Patrícia de Andrada, filha do Sr. Ataíde, tudo bem?

Nesse momento eu fiquei totalmente embaraçado e também a cumprimentei, tentando ser o mais simpático possível, para consertar minha falta de educação.

– Boa tarde, meu nome é José Ricardo e fui advogado do seu pai. É um prazer conhecê-la.

E era realmente um prazer, uma vez que a Sra. Patrícia era muito bonita e atraente, devia ter em torno de 25 anos. Logo depois chegou o Sr. Paulo César (Diretor Financeiro) e o Sr. Rubens Pedreira (vice--presidente). O Sr. Paulo César sempre foi homem de confiança do Sr. Ataíde, até alguns anos e também mantém participação nas empresas. De uns tempos para cá o Sr. Ataíde também começou a desconfiar da honestidade de seu antigo tesoureiro, entretanto, não conseguiu nenhuma prova. O Sr. Rubens Pedreira começou a trabalhar com o Sr. Ataíde ainda quando criança. Quando o Sr. Ataíde comprou a sua primeira loja comercial, quando tinha uns 25 anos, o Rubens Pedreira era uma espécie de office boy, fazendo todo tipo de serviço. Era considerado pelo próprio Sr. Ataíde como a pessoa de maior confiança no grupo, entretanto, também devido à idade, não vinha atuando de maneira efetiva nos negócios. Atualmente vinha dividindo a vice-presidência com o Sr. Ataíde Filho.

Nesse momento comecei a me imaginar trabalhando para esse pessoal. Seria simplesmente inaceitável, por parte deles, que eu, muito mais jovem do que todos, fosse o responsável pela condução dos negócios e que teriam que seguir minhas diretrizes se quisessem continuar no ramo. Nesse momento, embora fosse um pouco divertida, a ideia me pareceu ainda mais absurda. Pelo meu controle faltava apenas o representante da instituição de caridade e o Sr. João Batista me falou que o mesmo não pôde vir e fechou a porta para que fosse iniciada a reunião.

* * *

– Gostaria que todos prestassem atenção no vídeo que irei apresentar. Ele foi feito pelo pai de vocês e o mesmo solicitou que todos assistissem – falou o Sr. João Batista, prendendo a atenção de todos.

Inicialmente pensei que fosse o mesmo vídeo endereçado a mim, o local era o mesmo, dava para perceber pelos livros guardados em prateleiras escuras atrás do Sr. Ataíde, entretanto, era um outro vídeo com uma mensagem totalmente diferente da endereçada a mim.

Nesse vídeo pude perceber o quanto era difícil para ele como pai e amigo daquelas pessoas falar que não tinha mais confiança nelas, uma vez que as palavras eram muito amenas com relação à conduta de todos e, em quase todos os momentos, se referia à situação dos negócios como decorrência do mercado que "embora todos dessem o melhor de si não estavam conseguindo atingir os objetivos definidos". Em nenhum momento o Sr. Ataíde sequer se referiu à desconfiança ou qualquer tipo de traição, apenas falou que as circunstâncias do mercado é que levaram as empresas a atingir um patamar tão delicado. Durante a parte inicial da apresentação, o Sr. Ataíde falou dos esforços de cada um citando vários exemplos de dedicação ao trabalho. O interessante nessa parte é que ele foi bastante subjetivo e vago, talvez por dificuldade de encontrar casos de sucesso mais específicos. Por exemplo, falou de sua filha executiva (um de seus orgulhos) da forma como ela conseguiu unir o conhecimento teórico ao prático no dia a dia das empresas. Como o seu primogênito mantinha uma postura de liderança nos negócios, dentre outros exemplos. Simplesmente o Sr. Ataíde, mesmo após sua morte, não conseguia dizer o que ele gostaria de ver melhorado nos seus filhos e na sua equipe.

Após essa fase elogiosa, ele começou a explicar que devido a tais dificuldades no mercado era necessário cada vez mais envolver uma pessoa nova na empresa, para trazer mais entusiasmo, visão, novas ideias. Uma pessoa que não tivesse nenhum tipo de vício que já exista dentro do negócio atual, que seja isenta e independente para tomar as decisões necessárias para salvar o patrimônio da família. Ele explicou que embora considerasse todos ao seu redor "extremamente" competentes, existe uma grande dificuldade em implementar as mudanças necessárias para se adequar às novas condições devido ao longo tempo dentro da organização, dessa forma, sua ideia para salvar os negócios, seria colocar uma nova pessoa para administrar as empresas após a sua morte. Nesse momento houve um certo início de comentários na sala, todos pareciam surpresos com o que estavam ouvindo e quando o tumulto parecia que ia se instaurando, todos se calaram, pois o discurso do Sr. Ataíde foi reiniciado.

O Sr. Ataíde continuou explicando que todos continuariam com seus assentos no conselho de administração, entretanto, as funções executivas só permaneceriam se fosse de interesse do novo executivo responsável pela gestão do grupo. Dessa forma, independente de qualquer coisa, todos poderiam continuar acompanhando o andamento dos negócios, bem como dar opinião e agregar valor na nova gestão que seria iniciada.

O Sr. Ataíde continuou falando sobre suas ideias, entretanto, revelou que não via como implementar tais mudanças e que isso vinha lhe deixando preocupado em virtude de seu estado de saúde. Depois disso, começou a falar na contratação dos serviços da firma em que eu trabalhava.

Nessa parte final do discurso, o Sr. Ataíde falou que procurou a firma do Dr. Augusto pela qualidade dos serviços e que gostaria de ajuda para achar a melhor forma de definir o seu testamento. Nesse momento, ele começou a falar sobre mim. Disse que achava que tinha encontrado a pessoa certa, com entusiasmo, energia e inteligência para fazer as mudanças necessárias. Falou que eu tinha os requisitos necessários até mesmo porque seria totalmente isento das empresas e até mesmo do ramo de negócios, enfim, na sua opinião eu tinha o perfil ideal para o que ele pretendia. Finalmente falou sobre sua intuição e que ele acreditava que tinha sido o destino que nos havia apresentado. No fim, comentou que tudo podia ser um simples "devaneio" de quem não tinha muito tempo para pensar, mas que enfim, após conversar com o Sr. João Batista e das inúmeras formas que tentou desenhar esse modelo quando chegasse a hora certa, tomou uma decisão final e que deverá ser cumprida. Nessa hora ele declarou:

– Primeiro: a gestão dos negócios, de acordo com as procurações e contratos que deixo assinado, registrados e documentados com testemunhas, vídeos etc., deverá ser exercida pelo Sr. José Ricardo Silva. O mesmo terá o cargo de presidente do grupo e terá autonomia para tomar toda e qualquer decisão que julgar correta para administração das empresas, nos termos em que já descrevi nesse discurso.

Segundo: caso o Sr. José Ricardo não aceite essa proposta, todo o patrimônio deverá ser vendido, sendo os respectivos acionistas ressarcidos na proporção de sua participação nas empresas e o restante, referente à parte que me cabe, será doada para instituição de caridade "Capitães de Areia".

– Essa é minha vontade e que a mesma seja cumprida.

E com isso a fita acabou. Todos estavam em silêncio. Parecia que o Sr. Ataíde tinha morrido novamente. O Sr. João Batista acendeu as luzes. O silêncio continuava, ninguém sabia o que falar. De repente o Sr. Ataíde Filho deu uma declaração ainda mais surpreendente, nesse caso, pela grosseria:

– Não é possível, além de doente meu pai ficou louco, ou outra coisa. Não acredito que ele tenha feito isso, afinal, quem é esse José Ricardo? Isso tudo só pode ser brincadeira, não é possível, eu não acredito nisso! Dr. Augusto, fale alguma coisa, isso tudo não tem nenhum valor, não é verdade?

A grosseria era grande, mas me surpreendeu o fato de ninguém ter ficado surpreso, parecia que vindo dele essa era uma atitude esperada. Fiquei possesso, mas não sabia o que falar. Tinha raiva do que tinha ouvido. A falta de respeito era tanta que estava completamente atônito. Meus pensamentos se confundiram com raiva, vontade de desaparecer, falar alguma coisa, esbravejar etc.

– Na verdade, preciso analisar toda a documentação para saber quanto à validade da mesma – falou Dr. Augusto. – Também estou um pouco confuso. Acredito que até aquele momento o Dr. Augusto ainda não tinha entendido as ferramentas jurídicas utilizadas no processo e estava tentando fazer uma avaliação antes de falar qualquer bobagem.

Nesse momento o Sr. Paulo César, comentou, se dirigindo ao Sr. João Batista:

– João, eu lhe conheço há bastante tempo e sei que você também conheceu na intimidade o Sr. Ataíde, portanto, me responda com sinceridade, nosso querido amigo estava em plena capacidade intelectual e mental quanto tomou essas decisões?

– Bom – respondeu o João Batista. – Junto a toda documentação existe o parecer de dois peritos, na verdade dois psiquiatras renomados, que atestam a sanidade mental do Sr. Ataíde à época da elaboração da documentação. Até por essa decisão acredito que está claro que o Sr. Ataíde sabia exatamente o que estava fazendo.

Ataíde Filho esbravejou novamente: "É claro que nosso pai não estava em plena capacidade mental, onde já se viu entregar todo o controle de nossas empresas a esse rapaz, nem se ele fosse outro filho bastardo (falou tentando agredir a jovem Patrícia). Sr. João Batista, pode ter certeza que isso que meu pai definiu será derrubado legalmente. Estou correto Dr. Augusto?".

Nessa altura o Dr. Augusto já estava com o celular conectado com seu escritório, provavelmente discutindo com outros advogados os próximos passos para cuidar desse problema e tentar buscar alguma informação para ter o que falar para o seu cliente.

– Caro João Batista – falou Dr. Augusto buscando aparentar ser o mais inteligente e conhecedor do assunto – preciso de cópias autenticadas e de vias originais de todo o processo, bem como das gravações do Sr. Ataíde para iniciar minha análise legal da situação, o senhor pode providenciar essa documentação?

– Na verdade, eu já preparei um jogo com toda documentação para cada um dos envolvidos, dessa forma, o senhor pode pegar o pacote do Sr. Ataíde Filho. Eu gostaria também de pedir a atenção de vocês para ouvirmos o Sr. José Ricardo, ele gostaria de falar sobre esse assunto, uma vez que ele é peça chave nessa situação.

– Eu não vou ouvir nada desse fedelho! – mais uma vez esbravejou Sr. Ataíde Filho. – Não vou tolerar essa situação ridícula, também não vou alimentar essa insanidade. Eu acho que a única coisa que deve ser feita é partirmos para a análise legal da documentação como forma de desqualificar toda essa loucura, portanto, não vou perder tempo ouvindo esse rapaz falar, chega de palhaçada! Chega! – essa última parte do discurso foi literalmente aos gritos.

Eu realmente estava ficando transtornado com essa situação. Realmente era uma pequena amostra do que poderia ser a convivência com esse pessoal. Eu não tinha pedido para entrar nessa situação e ainda assim estava sendo obrigado a ouvir aquilo tudo, para mim também chega. Quando estava pensando em falar, Patrícia Andrada antecipou-se:

– Eu acho que devemos manter a calma, bem como respeitar a vontade de nosso pai. Se ele estava em plena capacidade mental e essa foi a sua vontade acho que todos devemos respeitar.

Todos ficaram perplexos. Ninguém acreditava que a jovem Patrícia iria desafiar o primogênito da família, principalmente nesse momento de tensão.

– Além do mais – completou Patrícia –, o senhor nem ao menos conhece o Sr. José Ricardo, como é que pode tratá-lo dessa forma?

Pelo menos uma pessoa nessa reunião me apoiou de alguma forma, eu teria que retribuir.

– Era só o que me faltava!!! – falou de maneira mais enérgica ainda Ataíde Filho. – Agora essa outra vem defender. Ainda vem dizendo nosso pai, nosso pai uma ova, você é filha adotiva e se meu pai tivesse pedido a opinião com relação à sua adoção eu teria feito ele mudar de ideia, portanto fique quieta no seu lugar!

– Acontece, Sr. Ataíde Filho, que ele não pediu sua opinião e hoje eu tenho tanto direito quanto vocês de estar aqui e dar minha opinião, portanto acho que o senhor me deve um pouco mais de respeito.

Ela parecia ser uma pessoa bem forte e com uma grande personalidade, o Sr. Ataíde tinha feito um belo trabalho na educação dessa menina. Estava na minha hora de falar.

– Muito bem, acho que está na minha hora de falar! – um grande silêncio fez-se na sala, parece que todos, inclusive o Sr. Ataíde Filho estavam querendo ouvir o que eu tinha para dizer. Muitas coisas passavam pela minha cabeça; raiva, dúvidas, vontade de ir embora, estava inconformado com o Sr. Ataíde Filho, vontade de ajudar Patrícia a enfrentar essa pessoa tão arrogante etc. De repente nem eu acreditava no que estava pensando e no que iria falar, entretanto, a seguinte frase saiu de minha boca para surpresa de todos, principalmente do Sr. João Batista:

– Enquanto não houver outro posicionamento legal, está valendo a decisão do Sr. Ataíde, conforme vocês poderão observar na documentação que será fornecida. Portanto, como presidente do Grupo Ataíde Andrada, convoco todos para minha primeira reunião de diretoria amanhã às 9 horas da manhã, onde vou ouvir todos vocês e comunicar minhas primeiras decisões, bem como oficializar perante as empresas a nova gestão que será instaurada.

Nesse momento Lúcia Andrada, que parecia ser a mais alienada de todas, perguntou:

– Até eu preciso ir, mesmo não tendo nenhuma função no grupo?
– Pelo menos um dos filhos, aparentemente, seria fácil de comandar.

– Essa reunião é para todos que tenham interesse na... Fui interrompido pelo Sr. Ataíde Filho com um outro grito.

– Cale-se! O senhor não tem o direito de marcar reunião coisa nenhuma, eu sou o presidente do grupo e não vou aceitar isso! – Dessa vez foi minha vez de ser mal-educado e interromper.

– Qualquer acionista que tiver funções executivas no grupo e não comparecer à reunião de amanhã estará automaticamente desligado de suas funções executivas e do dia a dia das empresas, acredito inclusive quem não quiser ir me poupará trabalho no momento de reestruturar o quadro executivo, e isto inclui o senhor, Sr. Ataíde Filho.

– Isso é possível Dr. Augusto? – falou o Ataíde Filho.

– Por enquanto, sem analisar a documentação, é melhor aguardar a análise do processo para evitar decisões não adequadas do ponto de vista legal – falou sem dizer muita coisa, Dr. Augusto.

– Eu não aguento mais isso, eu vou embora antes que cometa alguma loucura aqui, vamos Dr. Augusto, acho que temos muito trabalho a fazer...

Nesse momento, Ataíde Filho foi embora tendo sido seguido pelas irmãs. Ao passar por mim a Sra. Ana Júlia Andrada disse:

– Não pense que isso vai ficar dessa forma rapaz, você é um estranho e nunca aceitaremos essa situação! Tendo dito isso foi embora em seguida.

Ninguém mais falou nada, todos pegaram seus "kits" e retiraram-se da sala. Apenas Patrícia Andrada veio até minha direção, segurou em minhas mãos e disse:

– Estou muito entusiasmada com isso tudo, compartilho com meu pai uma grande confiança em você e te desejo boa sorte a partir de amanhã. Espero que você entenda minha ausência na reunião de amanhã. Não entendo muito dos negócios e acho que só iria complicar mais a situação.

– Tudo bem, grato pelo incentivo e apoio.

Falei um pouco chateado por não encontrá-la no outro dia, além do mais, estava achando que sua presença na reunião iria melhorar o ambiente e me dar mais força. Deixa para lá, eu me viro. Eu ainda não sabia onde isso iria dar, entretanto, tinha entrado no jogo de uma maneira totalmente inesperada e agora teria que aguentar as consequências.

Assim como todos que sairam completamente perdidos o Sr. João Batista veio em minha direção com um ar completamente desesperado e perguntou:

– O que você fez? O que você está pensando em fazer?

– Não sei, sinceramente, ainda não sei o que estou fazendo.

– Você não pode fazer isso, simplesmente não vai dar certo. Por favor, volte atrás na sua decisão, vamos em frente com o plano B, é a melhor decisão a ser tomada.

– Também concordo com você, entretanto, depois de tudo que ouvi e falei hoje aqui, simplesmente não tenho mais como voltar atrás na minha decisão, portanto, vou em frente. Agora mesmo irei ao cartório para assinar e autenticar toda a documentação e a partir de amanhã inicio minhas atividades no Grupo, até que uma outra decisão da justiça, se for possível, seja tomada.

– Você não sabe com quem está se metendo, por favor, não vá em frente com isso, há muitos interesses envolvidos, pode ser perigoso.

– Que desespero é esse meu amigo, você será contratado como meu advogado para me ajudar a defender todo o processo e cumprirmos a vontade do Sr. Ataíde. Começamos juntos e agora vamos juntos até o final, o.k.? Agora tenho de resolver a parte burocrática, até amanhã!

No meu íntimo eu estava mais desesperado do que meu amigo, tinha falado coisas que não deveria por pura falta de equilíbrio e maturidade. É mais ou menos como se eu quisesse deixar aquele pessoal com raiva de toda aquela situação. Entretanto, aquilo era uma brincadeira com algo muito sério e, para ser sincero, depois de ouvir o que ouvi e falar como eu falei na frente de todas aquelas pessoas eu não tenho mais como voltar atrás.

Simplesmente, agora vou em frente nessa loucura até onde der e já que estou nessa empreitada, vou fazer de tudo para atender o desejo do Sr. Ataíde de Andrada. Será que aquele velhinho estava prevendo isso tudo? Não seria possível, de qualquer forma, aparentemente as coisas estavam caminhando da forma que ele traçou.

# Capítulo 4

Fui para casa pensar em tudo o que aconteceu, no que foi dito e discutido naquela confusão. Após passar nos cartórios para reconhecer firma e registrar toda a papelada, enviei uma cópia do material para João Batista e guardei os originais na minha pequena biblioteca, na qual tinha mandado instalar um cofre. Aproveitei para me sentar um pouco diante de meus livros e fazer uma rápida pesquisa legal quanto à questão jurídica que envolve todo o processo. Aparentemente, todo o procedimento era legítimo, entretanto, o assunto não parecia ser simples.

Após algumas horas lendo e pesquisando sobre o assunto, me convenci que pelo menos por enquanto, tudo estava correto. Dessa forma, definitivamente seguiria em frente. Por volta da meia-noite me lembrei da reunião logo cedo com a diretoria do Grupo e não tinha sequer pensado numa pauta ou pontos para definir. Minha experiência em administração de empresas era totalmente questionável e eu não tinha a menor ideia de por onde começar. Com a cabeça a mil, peguei um pedaço de papel em branco, anotei a data, como se aguardasse que alguma ideia brilhante aparecesse do nada, repetindo um padrão que tinha me acostumado no exercício da advocacia. Escrevi o objetivo do papel: "Pauta para reunião da diretoria em 16/4/" e só.

Nada me vinha à mente. A sensação que tinha cometido uma loucura estava mais forte, afinal eu não tinha a menor ideia do que iria fazer na reunião do dia seguinte, nem ao menos por onde começar. Todos iriam ficar calados esperando que eu falasse alguma coisa e eu estaria lá, parado, aguardando que alguma coisa acontecesse. Eu realmente devia estar ficando louco. Foi aí que me veio uma primeira ideia. Iria ligar para um amigo meu que era consultor de empresas. Afinal ele po deria me ajudar com alguma ideia ou alguma coisa para falar, era meia--noite e meia, eu estava desesperado e não tinha para onde correr, dessa forma não tinha outro jeito senão ligar.

Marcos Antunes e eu temos histórias parecidas, viemos do interior para estudar na capital na mesma época, embora de cidades distintas. Estudamos o segundo grau no mesmo colégio, fomos aprovados no vestibular no mesmo ano, eu para Direito e o Marcos em Administração de empresas, e na mesma época em que entrei no escritório do Dr. Augusto. Marcos foi aprovado em um processo de seleção de uma das maiores empresas de consultoria do mundo. Atualmente ele mora noutra cidade e há algum tempo não nos falamos, entretanto, ainda tenho seu telefone residencial e celular.

Faltava mais ou menos quinze minutos para 1 hora da manhã, o telefone está chamando e uma voz bastante esperta atende ao telefone:

– Fala amigão, conseguiu os dados que lhe pedi? Atendeu meu amigo Marcos como se estivéssemos dando seguimento a um assunto pendente.

– Marcos, é o José Ricardo amigo seu, tudo bem?

– Fala Ricardo, pensei que fosse um consultor que trabalha comigo que está me ajudando num relatório, desculpe, tudo bem? Espera um pouco, aconteceu algo? Você me ligando esta hora. Aconteceu alguma coisa, amigo?

– Não, não. Quer dizer, aconteceu algo sim, porém não é nada que você está pensando, ninguém morreu não, quer dizer, morreu, mas não é bem esse o problema, na verdade é.

Comecei mal a conversa, confuso e nervoso. Meu amigo ficou mais preocupado e me perguntou se estava tudo bem, pediu calma e disse para que eu tomasse o tempo necessário para colocar as ideias em ordem.

– O.k.! – Falei mais calmo. Respirei um pouco e comecei a explicar toda a história.

Após uma explicação de quase uma hora (contei tudo o que aconteceu, o que eu sabia dos negócios do Sr. Ataíde, as pessoas envolvidas etc.), e então Marcos falou:

– Rapaz, que confusão danada... como é que você se meteu nessa, meu amigo? Isso é um excelente *case* para estudarmos.

– Pois é, só que agora eu preciso de sua ajuda, terei essa reunião amanhã e não sei nem por onde começar, dessa forma, gostaria que você se colocasse no meu lugar e me indicasse o que faria nesta reunião.

– Pense que eu serei um consultor visitando uma empresa que quer apoio na definição de ações para o futuro do negócio.

– Ricardo, o que você está me pedindo não é nada tão simples assim. Fazer um diagnóstico de um grupo de empresas é algo complicado e que exige uma análise detalhada, talvez com apoio de equipe externa e multidisciplinar – interrompi a frase do meu amigo de maneira até rude:

– Pô, Marcão, provavelmente, se eu puder, vou lhe contratar para me ajudar, entretanto, neste exato momento, estou com uma folha de papel em mãos querendo sua ajuda para montar uma pauta de reunião, eu realmente preciso de sua ajuda.

– Eu sei, entretanto eu quero lhe mostrar a visão geral para que você comece a entender. Como já são duas e meia da manhã, vamos fazer o seguinte: vou ligar amanhã logo cedo para nosso escritório aí na sua cidade e vou pedir para que um consultor lhe acompanhe nesta reunião.

– Vou considerar esse apoio como um investimento da empresa, já que podemos lhe ajudar mais na frente. Como você irá conduzir a reunião, vou dar uma sugestão de pauta. Eu dividiria a reunião em tópicos para que você possa obter algumas informações iniciais, anota aí minha sugestão.

Marcos iniciou uma narrativa me orientando a colocar os pontos da reunião no papel.

Depois de discutir os pontos fiz alguns comentários discutindo alguns aspectos que não entendi.

– Você deve pedir para que seja apresentado quais as empresas que compõem o grupo, quem participa em quais empresas, ou seja, quais são os acionistas, quais empresas participam em qual etc. Após isso, para obter a posição financeira de cada empresa, você deve pedir os relatórios financeiros mais recentes de cada uma, principalmente para entender a situação de equilíbrio do patrimônio e da geração do resultado e caixa de cada negócio.

– Olha Marcos, eu até que entendo um pouco de finanças, mas isso nunca foi meu forte. Não tenho certeza se conseguirei entender o que essas informações financeiras significam.

– Calma Ricardo, isso será um primeiro momento, posteriormente você pode pedir para o pessoal da Controladoria fazer uma apresentação das informações por empresa e assim você poderá interagir e tirar dúvidas etc. O objetivo aqui é ocupar sua primeira reunião na obtenção de informações sobre a estrutura geral do grupo, empresas, posição financeira etc. Posteriormente, você terá que pedir mais informações para poder iniciar um diagnóstico mais detalhado por área de negócio.

Já estava tarde e eu também não estava com muita paciência.

– Marcos, está tarde, não estou conseguindo mais me concentrar, anotei o que você me falou, porém gostaria muito de contar com sua ajuda amanhã, ou melhor, mais tarde. Peça para a pessoa me ligar no celular.

Depois disso nos despedimos, já tinha atrapalhado meu amigo demais. Após essa valiosa ajuda me senti um pouco mais seguro para a primeira reunião; pelo menos tinha uma lista de coisas que pareciam fazer sentido para perguntar. Vamos ver o que vai dar.

* * *

Dormi na mesa do escritório e acordei às 8h15, completamente atrasado, somente quando o celular tocou, era o consultor da empresa do Marcos confirmando a presença na reunião. O próprio Marcos tinha acabado de combinar os detalhes da participação na reunião. Pelo que o consultor me falou, meu amigo não dormiu de ontem para hoje, graças à minha ligação e o prazo que ele tinha para entregar o relatório no qual estava trabalhando.

A pessoa que o Marcos me indicou parecia bastante qualificada para me ajudar. Era um rapaz bastante jovem, porém experiente. Era formado em administração e finanças, e já tinha mais de cinco anos de experiência em consultoria para várias empresas.

Às quinze para as nove da manhã o João Pereira me apanhou em casa, às nove e quinze, já estávamos na sala de reunião aguardando os membros do conselho e o consultor convidado. Enquanto aguardávamos os convidados para reunião, voltei a conversar com João Pereira, ele continuava muito preocupado, obviamente.

– José, o Dr. Augusto me ligou hoje logo cedo informando que seus advogados passaram a noite em claro revirando a documentação que foi preparada e me disse que tinha diversos pontos de inconsistências nos documentos e que todo o processo seria invalidado.

– João, isso pode ser uma estratégia dele para nos assustar, eu fiz uma rápida revisão legal ontem à tarde e não identifiquei tais tipos de problemas, pelo menos não tão graves que invalidem o processo, o que você acha?

– Fui o responsável pela elaboração dos documentos, dessa forma, sou suspeito para falar, entretanto, posso lhe garantir que a luta para tirar a validade de tais documentos não vai ser fácil. Temos vídeos, laudos de peritos, procurações e uma série de documentos que qualquer juiz teria muita dificuldade em retirar a validade.

– Ótimo, minha primeira decisão será contratá-lo para garantir que a vontade do Sr. Ataíde seja cumprida, comunicarei isso já no início da reunião.

Dito isso, eu e o agora meu advogado começamos a conversar sobre os próximos passos. João ainda estava inconformado com a minha decisão, contudo, procurei deixar claro para ele que eu não estava disposto, pelo menos por enquanto, a mudar de ideia.

Às nove e meia ainda não havia ninguém presente, dessa forma, chamei a secretária, minha secretária, e pedi para chamar todos os gerentes da empresa. Neste momento, qual foi minha surpresa ao ser informado que todos estavam todos reunidos com o Sr. Ataíde Filho e os outros diretores em outra sala de reunião, "tratando de assuntos confidenciais". E eu me preocupando com a pauta da reunião, na verdade o maior risco era de não haver nenhuma reunião.

– Que faremos, João? – perguntei sem ter noção do que fazer.

– José, você é legalmente o presidente deste grupo, você pode fazer o que você quiser, entretanto, acho que você deve ir devagar, pois, sozinho você não conseguirá nada.

O aviso do meu advogado não ajudou muito, estava totalmente perdido e a reunião já estava acontecendo e eu sem saber o que fazer. A esta altura, já tinha percebido que o clima não seria muito agradável. "Meu consultor" estava sendo anunciado pela secretária, quando percebi minha ingenuidade ao querer discutir assuntos profissionais nesta reunião. Na verdade, minha única missão seria conseguir convencer a todos que eu era o presidente da empresa. Pedi desculpas e avisei que a reunião tinha "acabado de ser cancelada" e que logo entraria em contato.

Ele nem entrou na empresa. Muita grosseria de minha parte, mas, acho que foi melhor assim, tinha um pressentimento que os próximos momentos não seriam muito agradáveis.

Perguntei para a minha secretária o local da sala de reunião e segui em direção à mesma. Fui desencorajado por ela a prosseguir, entretanto estava decido: Iria interromper "o motim" enquanto era tempo. Somente agora tinha prestado atenção na Sra. Ana, secretária do Sr. Ataíde e agora, minha secretária. Era uma jovem senhora, em torno dos seus 55 anos. Ainda parecia ser bastante ativa e se movimentava com destreza, e nesse momento estava na minha frente tentando me convencer a "voltar depois." É melhor voltar depois – insistia ela.

– Ana, ainda não nos conhecemos muito bem. Tenho muito trabalho a fazer e não tenho tempo a perder. Todos nesta empresa devem saber disso e entender que a partir de hoje estaremos trabalhando de forma diferente. É meu trabalho, não posso esperar nem mais um minuto. – Até eu me assustei com meu discurso. O que afinal eu estava fazendo e dizendo? João parecia ter se surpreendido com minha postura. Espero não decepcioná-lo.

Entrei sem ser anunciado. Era uma sala de treinamento. Na frente o "mestre" Ataíde Filho fazia sua palestra. Entrei lentamente sem falar nada e o silêncio se fez na sala. Continuei andando lentamente enquanto todos me olhavam, eu estava tão nervoso que não conseguia distinguir nem quantas pessoas estavam na sala, nem ouvir o que se estava comentando, parecia uma eternidade. Percebi os pulmões do Ataíde Filho se encherem de ar para explodir alguma bravata para mim, preferi me antecipar e comecei:

– Pensei que a reunião seria na sala de reuniões, desculpem-me o atraso, entretanto, já estava aguardando todos desde as nove horas – mais uma vez o que é que eu estava fazendo? Estava me sentindo um verdadeiro louco.

Neste momento percebi um dos meus ex-colegas do escritório do Dr. Augusto se levantar e me acenar com a cabeça, um breve cumprimento. Não tinha certeza da estratégia que o Dr. Augusto e seus pupilos tinham traçado com relação ao processo. Na minha cabeça estava acreditando que eu era o "presidente" e iria me portar como tal.

– Gostaria de aproveitar a presença de todos para comentar sobre as mudanças que estão ocorrendo na empresa, bem como conhecer a todos. Sr. Ataíde Filho, você poderia me apresentar à equipe?

Aquele era um momento crucial, não tinha a menor a ideia do que ele iria fazer, na verdade estava esperando que uma daquelas cadeiras que estavam próximas a ele fosse arremessada em minha direção em poucos segundos. Ataíde Filho olhou para um de seus advogados, meu ex-companheiro de escritório, e parecia estar procurando contar até dois mil e disse:

– Meu caro, essa reunião não foi a que você convocou. Essa reunião foi convocada para explicar para todos o problema que está ocorrendo nesta empresa e do grande erro cometido por meu pai e que está sendo corrigido pelos nossos advogados. Também estava tentando explicar que você estaria tentando exercer a função de presidente de maneira arbitrária, entretanto seria algo temporário. Na verdade esperava que você mudasse de ideia, entretanto, vejo que você é um rapaz ambicioso demais.

Ataíde Filho estava claramente representando. Talvez quisesse passar uma imagem diferente para seus subordinados, num momento em que poderia perder o controle da gestão dos negócios.

– Na verdade eu não tenho nenhum tipo de ambição neste momento, exceto, fazer valer uma decisão do Sr. Ataíde. Aliás, caso eu não exerça essa minha atribuição, esse negócio será vendido e o dinheiro arrecadado cedido para projetos sociais, acho que você deveria agradecer-me por querer trabalhar com vocês na continuidade dos negócios, do contrário essa empresa, da forma como vocês a conhecem, estaria com os dias contados. Poderia ser adquirida por um grupo multinacional, demitir a maioria do *staff* administrativo etc - falei forçando um pouco para chamar a atenção.

Deu certo, todos começaram a prestar um pouco de atenção no meu discurso, dessa forma, continuei:

– Essa missão me foi imposta, não tive escolha. Demorei muito para tomar uma decisão e agora não pretendo voltar atrás. Eu não sei se vocês sabem, entretanto, este trabalho que estou assumindo não é nada interessante do ponto de vista financeiro, dessa forma, a afirmação que sou ambicioso não faz muito sentido. Na verdade, o Sr. Ataíde estabeleceu para mim um remuneração mínima, a qual não teria dificuldade em obter na minha carreira tradicional de advogado. Eu somente serei bem remunerado, ou melhor, só terei aumentos e bônus, caso o conselho de administração assim decida e, como vocês sabem, o conselho é formado pelos membros da família e acionistas.

Fiz uma pequena pausa, realmente parece que todos estão prestando um pouco de atenção agora. Preciso ser direto e convencê-los de que se existe alguém que está arriscando alguma coisa aqui neste negócio, esse alguém seria eu. Essa era uma ideia boa de passar para todos.

– Dito isto, espero que vocês percebam que se existe alguém exposto a risco aqui sou eu. Seria muito mais cômodo para mim, deixar isso tudo para trás, entretanto, estou disposto a lutar por esta empresa. Também não entendo os motivos do Sr. Ataíde em me conceder essa missão, entretanto, ele o fez e estou aceitando. Peço a todos que também aceitem para que possamos trabalhar juntos. Por enquanto, inclusive do ponto de vista legal, é o que deve ser feito. Não há alternativas.

Sr. Ataíde Filho, parecia um pouco mais calmo neste momento. Até agora, a postura dele era bem diferente em relação ao dia de ontem. Não sei se ele foi orientado pelos seus advogados, ou simplesmente estava disposto a ver onde isso tudo iria acabar.

Acho que ele estava começando a perceber, e a ser orientado pelos seus advogados, que o melhor neste momento seria me deixar "brincar" de presidente, uma vez que não fosse isso, um processo de venda do negócio poderia ser iniciado. Só esse raciocínio justificaria a calma dele neste momento.

– Muito bem Sr. José, o que o senhor pretende então com todo esse discurso?

Procurando também manter a calma, comentei:

– Conforme tinha conversado na reunião de ontem, sendo este o meu primeiro dia de trabalho, preciso conhecer a estrutura do grupo, as empresas, o organograma, entrevistar os principais gerentes e diretores, conhecer as unidades, enfim, preciso me familiarizar com a estrutura dos negócios para começar a trabalhar. Esse é o objetivo da primeira reunião e preciso contar com o apoio de todos, inclusive do seu.

Mais uma vez o silêncio se fez na sala, não sabia o que iria suceder aquela minha explanação. Na minha cabeça somente existiam duas possibilidades: 1 – O início de alguma cooperação e 2 – O início de uma batalha por poder envolvendo a empresa, os advogados, uma série de discussões sem fim que impediria qualquer tentativa de trabalho e gestão. O silêncio era constrangedor e cada vez mais tinha a percepção que era uma briga que teria início.

Todos ainda em silêncio, inclusive o Sr. Ataíde Filho. Neste momento ele pegou seu celular, foi até um canto da sala, fez ou recebeu uma ligação, não dava para ter certeza, discutiu em voz baixa alguns aspectos (nesse meio tempo todos estavam numa espécie de transe, aguardando uma resposta). De repente o Sr. Ataíde desliga o telefone e exclama:

– Sr. Fernando – falou dirigindo-se a um senhor de meia idade na primeira fila de cadeiras. – Sim – respondeu ele.

– O senhor pode providenciar um *flip chart*, bem como, meu *notebook* e um projetor, por gentileza, gostaria de mostrar ao Sr. José nossa apresentação institucional do Grupo.

– Pois não, Sr. Ataíde.

A frase seguinte do Sr. Ataíde Filho foi ainda mais surpreendente:

– Meus caros – continuou Ataíde Filho –, gostaria de apresentá-los ao Sr. José Ricardo, novo presidente executivo do Grupo Ataíde Andrada. Gostaria também que todos se apresentassem, comentando um pouco sobre o currículo e as atividades de cada um, enquanto o material de apresentação é providenciado.

# Capítulo 5

O mais surpreso em todo o desenrolar daquele dia não era eu, era o João Batista. Ao final do expediente ele comentou: "Devo ser muito bom realmente, eles resolveram aceitar sem brigar!?". Entre um gole de chope e outro, comentei:

– Ou então resolveram que o custo de brigar não compensa os benefícios, afinal, eles só precisariam me aguentar e me pagar um salário comum. Se minhas ideias não forem boas eles ainda terão o conselho de administração para discutir e tentar mudar minha opinião. Acho que passado o choque inicial e a percepção de que eu seria apenas um executivo e não um herdeiro, eles resolveram aceitar. Pelo menos era o que aparentava. Além disso, existe o fato de que o plano B, que é vender todo o negócio, é muito mais traumático do que me aguentar. Não achas?

– Não sei não, há algo ainda nebuloso nesta história, vamos aguardar a sequência dos fatos, entretanto, sei que este pessoal não é lá flor que se cheire.

– Eles não têm muita escolha, têm? Como diz o ditado: se não pode vencer o inimigo, junte-se a ele, espero que esse seja o motivo da postura deles.

Eu e meu amigo João Batista estávamos comemorando este primeiro dia de trabalho.

Ataíde Filho se encarregou pessoalmente em fazer a apresentação do Grupo e dos negócios. Apesar das desconfianças do Ataíde pai, ele demonstrou grande conhecimento dos negócios e das pessoas. Ele também apresentou cada executivo e se encarregou de agendar as visitas às unidades operacionais, ele também iria comigo. O dia foi realmente muito produtivo e surpreendente. De forma resumida, o grupo poderia ser visto da seguinte maneira:

Áreas de atuação: Mantendo o histórico do patriarca, o grupo continuava atuando no Comércio Varejista, em usinas, Fazendas e uma pequena participação num shopping center. Existia uma empresa Holding que detinha mais de 90% de todas as outras empresas, e as ações da Holding eram 98% de propriedade do Sr. Ataíde pai. Essas ações é que estavam sob minha "custódia". O que me dava muito poder dentro do grupo. No comércio varejista eram duas empresas, uma de eletro-eletrônicos e uma voltada para confecções. Pelas informações iniciais e algumas caretas de alguns executivos ao comentar sobre esses dois negócios, o desempenho das duas não parecia ser muito bom. Seria necessário estudar um pouco mais essa área, pois em minha experiência profissional nunca realizei trabalhos para empresas do varejo. Sabia, até por conhecimento como cliente, que a rede de eletro-eletrônico (Lojas Mercador), já tinha sido o principal negócio do grupo, o que teria levado ao primeiro *boom* dos negócios. Era uma marca forte e, pelo que foi dito, com uma boa infraestrutura tecnológica e sistemas, entretanto, também não vinha operando com lucro. A outra empresa, a Lojas Modal, foi criada em sociedade com outro grupo, na proporção de 50% para cada. Devido aos prejuízos, bem como necessidade de caixa deste outro grupo, os "Ataíde" tiveram que comprar mais 30% da participação, o que também ajudou a piorar o caixa. Pelo que entendi, o Grupo brigou muito para o parceiro não abandonar o negócio e o melhor que foi possível obter foi a venda de "apenas" 30% de seus 50% nas lojas. Mesmo assim, os "Ataíde" tiveram que recorrer a um empréstimo para evitar que os 30% do outro sócio fossem vendidos para um terceiro, que não fosse "de confiança". Esse empréstimo hoje era um dos "problemas" que deveriam ser administrados. A participação em shopping center era, basicamente, a participação de 20% no shopping Praça Harmônica. Esse era o investimento mais recente do Grupo e foi feito para proteger parte dos recursos obtidos com a venda de algumas empresas. Embora o investimento não tivesse sido muito relevante, vinha sendo destacado como uma decisão acertada. Embora a rentabilidade não fosse elevada, pelo menos todo mês tinha um recurso disponível oriundo daquela atividade. "É pouco, porém é entrada de recurso, muito melhor que outras empresas que só fazem demandar dinheiro". Foi um comentário que gravei de um dos executivos.

No capítulo de vendas, pude captar os seguintes movimentos em relação ao varejo. Após a aquisição da participação na Modal, outro investimento tinha sido feito em uma loja de material de construção. Neste caso o grupo Ataíde foi quem resolveu posteriormente vender sua participação, entretanto, o prejuízo foi grande, pois a venda foi feita num dos piores momentos do setor de material de construção civil. De qualquer forma, esses recursos "ajudaram a saldar algumas dívidas".

Com relação às usinas, o Grupo mantinha duas usinas que, pelo que entendi, estão vivendo um momento extremamente delicado. O Sr. Antônio Rodrigues era o responsável, entretanto, não demonstrava habilidade ao falar sobre esses negócios. Aparentemente as usinas estavam passando um momento de dificuldades devido a várias dívidas, pelo menos foi isso que percebi da palestra sem sal do Sr. Antônio. As dificuldades eram grandes – como ele mesmo comentou. As duas usinas mantidas atualmente eram a Usina Macapé e a Triunfo, e duas outras (Usina Toledo e a Vera Sul), já tinham sido vendidas na tentativa de equilibrar as finanças das usinas remanescentes, entretanto, o problema ainda era crítico, sob risco de ser necessário vender mais outra operação para evitar maiores atrasos e problemas com credores.

Se existem problemas espalhados pelas empresas do grupo, o capítulo fazenda mereceria um "sem comentários" como resultado das análises. O Dr. Ataíde Filho, que ficou responsável por comentar sobre esse negócio, destacou que somas volumosas de recursos já foram investidas no negócio e, entretanto o retorno nunca veio. De acordo com as palavras dele: "As fazendas sempre foram um *hobbie* para o meu pai". *Pouco profissional*, pensei, porém não totalmente incomum em grupos muito diversificados.

Bem, esse foi um breve resumo do que pude aprender neste primeiro dia de trabalho. Uma primeira observação é que me faltam muitas competências para presidir este grupo. Durante boa parte das palestras não consegui absorver as informações por pura falta de conhecimento, inclusive, do vocabulário utilizado. Concentrei-me em entender as mensagens que eram transmitidas. Era o primeiro dia afinal, e para um primeiro dia o resultado foi bom. Com o tempo vou me familiarizar. Estava tentando me convencer de que seria tudo muito simples.

Mais um gole de chope e um brinde com meu amigo João Batista.

–Vamos pedir a conta que amanhã tenho visitas marcadas. – Começava a demonstrar certo entusiasmo na minha missão.

João Batista sorriu e comentou que precisaria viajar de volta a sua terra natal. Ficaria alguns dias sem meu amigo, entretanto, isso faria parte do meu dia a dia, vou me acostumando logo cedo.

# Capítulo 6

*Dois meses depois*

Após dois meses no meu "novo emprego" tudo estava correndo bem. O que parecia ser a parte mais difícil, o relacionamento com os acionistas, estava indo bem. Já tinha detectado alguns aspectos que não me agradaram e que geraram alguns transtornos, entretanto, minhas decisões vinham sendo aceitas com poucas discussões improdutivas.

Um desses aspectos foi separar completamente gastos pessoais e da empresa. Era comum despesas pessoais serem pagas com caixa da empresa. Utilizei uma desculpa de que esse procedimento poderia nos trazer "sérios" problemas fiscais e que deveria ser descontinuado imediatamente para evitar o pagamento de multas e outras questões de ordem tributária, que tornariam a conta mais cara no futuro. Para mim isso era óbvio, entretanto, tive a impressão de que alguns dos acionistas não tinham conhecimento deste fato e achavam normal as empresas bancarem parte de seus gastos pessoais.

Numa reunião com todos os acionistas para discutir esse assunto fui bastante enfático:

– Todos devem se manter com seus próprios recursos, não será mais permitido pagamento de gastos pessoais pelas empresas. Essa reunião demorou um dia inteiro e a única forma de encerrar o assunto foi aumentando um pouco os honorários da diretoria para "compensar" esse corte de "benefício". Aceitei essa situação, pois, de qualquer forma, limitei esses gastos ainda num valor bem abaixo do histórico de gastos. A mensagem para acionistas e executivos era o mais importante.

Também já tinha feito pequenas mudanças. Sr. Ataíde Filho permaneceu com a vice-presidência. Ele vinha cooperando em tudo e isso realmente era surpreendente. Aposentei o Sr. Rubens, o que já economizou uma parcela razoável de honorários da diretoria para compensar o aumento das despesas. Ana Luíza não aceitou minha posição e desligou-se das atividades como Diretora de Recursos Humanos. Isso me obrigou a manter o Sr. Antônio Rodrigues, uma vez que alguém no casal teria que ter algum tipo de renda. Era melhor aceitar essa situação do que ter de aguentar todo tipo de transtorno por "demitir" um casal e deixá-los sem nenhum tipo de rendimento, principalmente no momento em que não havia geração nem distribuição de lucros nos negócios. Por esse mesmo motivo tive que manter o Paulo Roberto (diretor comercial), já que Ana Júlia não possui nenhum tipo de remuneração. Só com o ajuste das despesas por conta da empresa e a saída de Ana Júlia e Paulo Rubens eu já estava saindo no lucro. Os que ficaram seriam figuras decorativas, uma vez que planejava contratar uma equipe de gerentes para se reportarem diretamente a mim.

Fora essas mudanças ainda não tinha acontecido nada de relevante, sabia que precisava revisar e mudar várias posições, entretanto, ainda estava estudando como fazê-lo.

* * *

Estava em casa numa manhã de sábado trabalhando num documento que estava chamando de "Planejamento Estratégico do Grupo Ataíde de Andrada". Não era uma peça muito técnica, entretanto, após algumas "consultorias" com meu amigo Marcão, comprei a ideia de definir algumas estratégias para o Grupo, de forma a ter um padrão de atuação que ajudasse na definição de ações para reequilibrar o grupo e perspectiva de crescimento.

Como não tinha recursos para contratar consultorias naquele momento, comprei vários livros sobre o tema e meus sábados eram investidos nessa análise e estudo, já que durante a semana estava mais envolvido com o dia a dia das empresas, procurando conhecer os negócios em maior profundidade e cuidar de apagar os incêndios. Complementava os meus estudos com a leitura de revistas e jornais especializados na área de varejo, usinas, fazendas e shoppings, além de pesquisas na Internet. Essas atividades me ajudavam a ter algumas ideias. *Vou colocar tudo num papel e analisar junto com a minha equipe (que estou conhecendo e reestruturando), para decidir essa estratégia* – pensei num desses dias em voz alta.

Eram quase seis horas da tarde quando meu telefone tocou. Estava trabalhando no meu projeto desde as dez da manhã, com uma pequena pausa para um sanduíche, e continuei no meu ritmo de trabalho. Não tinha nem visto o tempo passar. Do outro lado da linha escuto uma voz feminina:

– Alô, Ricardo?

– Quem fala?

– Não reconhece mais minha voz? Nós só acabamos nosso namoro há quatro meses e você não me reconhece mais?

Neste momento voltei ao presente, era Rebecca, minha ex-namorada "que tinha abandonado" após minha demissão do escritório do Dr. Augusto. Não tinha mais notícias dela desde o dia da minha demissão, e para ser honesto, não tinha pensado muito nela e muitas coisas tinham acontecido desde então.

– Oi, Rebecca, como você está?

– Muito bem, e você? Precisamos colocar a conversa em dia, Ricardo.

– Da última vez que nos vimos você disse que não tínhamos muito o que conversar, não é? Falei demonstrando um pouco de rancor.

– Olha, Ricardo, eu gostaria de me desculpar com você, afinal depois de tudo o que aconteceu ficou claro que eu estava errada e fiz julgamentos prematuros. Preciso me desculpar, e quero fazê-lo pessoalmente, você aceita jantar comigo hoje?

– Rebecca, eu adoraria, entretanto, tenho andado muito ocupado esses dias, tenho muito trabalho para fazer e acho que não dará tempo, de qualquer forma, obrigado pelo convite.

Já não conseguia esconder meu orgulho com relação a ela. Estava louco para sair hoje, jantar e, quem sabe, ir um pouco mais longe do que o jantar. Realmente estava trabalhando em média 14 horas por dia, incluindo sábados e domingos, e realmente precisava espairecer um pouco, mudar os ares, entretanto, não queria parecer "fácil" para Rebecca.

– Que é isso, Ricardo, vamos lá, você deve parar para jantar ou me diga que não vai jantar.

– O.k.! Já que você insiste – falei brincando. – Te apanho às 20h30. Até mais.

– Certo, até já. Beijos. Falou e desligou.

★ ★ ★

Sempre fui muito pontual, e como não podia deixar de ser, cheguei à frente do prédio de Rebecca às 20h30 em ponto. Ela, até por costume e me conhecer, já estava embaixo me esperando. Linda como sempre. Usava uma saia justa, um pouco acima do joelho, o que dava para mostrar seu belo par de coxas. Seu sorriso contagiante me dominou logo de cara, ao entrar no carro eu já estava completamente fascinado novamente pela sua beleza.

Eu e Rebecca tivemos um daqueles relacionamentos relâmpagos. Nos conhecemos num seminário e no mesmo dia saímos para jantar. Duas semanas depois já estávamos dividindo a semana entre o meu apartamento e o dela, mais no meu que no dela, já que ela morava com as irmãs. Seis meses depois já estávamos terminando num dos piores dias da minha vida. Naquele dia pensei que realmente ainda não nos conhecíamos, talvez fosse uma segunda chance.

– Oi, Ricardo. Falou me dando dois beijos no rosto, prática comum na região que vivíamos.

– Antigamente eu merecia um beijo mais decente quando nos víamos.

– Vamos devagar, nós nem conversamos ainda.

– Estou brincando, Rebecca. – Brincando uma ova, minha vontade era partir para cima dela com tudo. *Vai chegar a hora*, pensei.

Fomos a um restaurante que costumávamos frequentar na época de nosso namoro. Bastante aconchegante e com uma comida maravilhosa. Embora tenhamos chegado cedo, as mesas estavam todas ocupadas, dessa forma, tivemos que aguardar no bar. Quando nos acomodamos num banco elevado do bar, começamos o nosso bate-papo:

– Acho que não comentei ainda, mas você está linda, como sempre – era a pura verdade.

– Obrigada, você também não está nada mal – não achei que era tão verdadeiro assim.

Conversamos sobre algumas amenidades, ela estava curiosa com o meu novo trabalho e tudo que tinha acontecido comigo. Expliquei dentro dos limites que me pareciam adequados. Como não podia deixar de ser, fomos retrocedendo no tempo até chegarmos no dia em que acabamos o nosso namoro. Nesta hora a conversa ficou um pouco áspera.

– Olha Rebecca, eu sempre te admirei. Você é uma pessoa dinâmica e decidida, entretanto, estava completamente míope naquela ocasião e eu fiquei muito chateado com a forma como tudo aconteceu.

Na verdade depois daquela noite fiquei muito chateado com ela. Talvez se não fosse a memória de sua beleza "exterior", e vontade natural de ter uma noite agradável, não teria aceitado o convite.

– Ricardo, por isso que te chamei para sairmos hoje. Quero me desculpar com você.

– Antes mesmo de saber de tudo o que aconteceu, já tinha a consciência de que tinha sido muito imatura e precipitada. Assim como o seu chefe, eu te julguei de maneira inadequada. Aprendi muito com tudo o que aconteceu e gostaria muito do seu perdão.

Ela parecia sincera, entretanto, qual o motivo de eu ter ficado praticamente um mês à procura de emprego e ela sem nem ao menos me ligar para saber se estava tudo bem. Agora que estava "tudo bem" ela me procura para conversar!? Tenho dúvidas se não existe uma ponta de interesse nisso tudo.

– Vamos fazer o seguinte, Rebecca: deixa para lá tudo que se passou e vamos olhar adiante. Temos um ótimo jantar para compartilhar e vamos procurar fazer desse momento o mais agradável possível. Não há nada para perdoar, o que está feito, está feito, bola para frente.

Ela deu um sorriso parecendo estar satisfeita, quando fomos chamados para uma mesa. Assim que me levantei da cadeira dei de cara com a Patrícia Andrada. Desde aquele primeiro contato na reunião, há meses (que pareciam anos), eu não a encontrei novamente. Ela estava acompanhada de uma amiga e estava incrivelmente linda! Mais ainda que Rebecca. Ela me reconheceu e enquanto o garçom tentava nos conduzir para a mesa, fui em direção dela para cumprimentá-la.

Rebecca ficou logo ao meu lado.

– Olá, Patrícia, tudo bem?

– Olá, tudo bem. Só cheguei um pouco atrasada e não tem mais disponibilidade de mesa para a próxima hora, vou ter de ir embora.

– Espera um pouco... amigo! – falei me dirigindo ao garçom. – Dá para colocar quatro pessoas na minha mesa? – Me virei imediatamente para ela: – É só você e sua amiga?

– Que é isso, Ricardo, eu não quero atrapalhar seu jantar, eu procuro outro restaurante.

Senti que ela estava constrangida com a Rebecca. Não era para menos, a cara da Rebecca parecida ser de total "desgosto" com a situação.

– Olha, eu e minha amiga Rebecca saímos hoje para relaxar um pouco, espairecer, e seria um prazer tê-las conosco, não é mesmo, Rebecca? A essa altura ela já estava querendo me matar, entretanto, eu não podia perder a chance de estar com a Patrícia mais um pouco. –Vamos fazer o seguinte, vocês podem ficar na mesa conosco até vagar outra mesa, o que acham?

Graças a amiga da Patrícia tudo foi acertado. –Acho ótimo, vamos Patrícia, não seja indelicada com eles. – Acho que o "eles" foi só para aliviar um pouco a tensão com Rebecca.

⋆ ⋆ ⋆

Depois disso a noite foi exclusiva de "Ricardo e Patrícia". Acho que a Rebecca deve ter tido uma noite muito desagradável, acho, pois não percebi a sua presença durante as três horas seguidas em que fiquei mergulhado numa conversa com a Patrícia. Ela me contou tudo sobre o Sr. Ataíde, sua infância, as frases clássicas do pai e tudo que ela tinha aprendido com ele. A figura do Sr. Ataíde ainda me fascinava. Não o conheci profundamente e a conversa com a Patrícia me ajudava a entender um pouco melhor como funcionava a cabeça daquele velhinho excêntrico.

Ela me falou do processo de adoção, do seu relacionamento com os irmãos e muito mais. Comentei sobre a aparente colaboração do

Ataíde Filho e ela demonstrou certo receio dessa colaboração. "Esse pessoal é muito complicado, Ricardo, fique sempre atento, pois nunca sabemos o que pode estar passando na cabeça deles. Eles podem estar armando alguma coisa". Mostrei para ela os motivos pelos quais achava que o "acordo de paz" tinha sido estabelecido. Pelo menos na minha cabeça, a cooperação fazia mais sentido.

A conversa estava cada vez mais interessante, entretanto, quando já estava próximo das 2 horas da manhã e o restaurante bem mais vazio, Rebecca comentou com um ar irônico:

– Acho que agora já podemos pegar outra mesa. – Não sei se de pirraça ou devido às taças de vinho, gargalhei bastante com o comentário.

Uma hora depois estava deixando Rebecca em casa, sem nenhuma chance de prolongamento da noite, afinal, eu a tinha ignorado durante todo o jantar.

– Boa noite, Rebecca, a noite foi muito agradável, obrigado pelo convite.

Ela respondeu com um "huhum" e saiu, não me deu nenhum beijinho de despedida. Realmente devia estar muito brava comigo. *Paciência, fui à forra!* Pensei de maneira irônica e vingativa. Para mim a noite foi muito boa. A lembrança da Patrícia não me saía da cabeça, mas afinal, onde é que eu estava com a cabeça? Já não bastava a confusão que tinha me metido e ainda estava procurando mais?

Eu já era o presidente de um grupo de empresas familiares, do qual os filhos naturais do patriarca me aturavam pelas circunstâncias, e agora eu estava encantado com a filha adotiva, que também não se relaciona bem com eles? Realmente meu gosto por problemas e aventuras tinha crescido muito nos últimos meses. Lembrei que tinha anotado o celular da Patrícia e ri da confusão que estava me metendo e ainda procurando mais. Com certeza vou querer vê-la novamente.

* * *

# Capítulo 7

Após seis meses de trabalho, tentando conciliar a rotina de 12 a 14 horas de atividade nas empresas, mais os finais de semana trabalhando no meu "plano estratégico" para os negócios, as coisas começavam a ficar mais claras para mim. Estava consciente que a principal dificuldade do grupo estava na capacidade de mudar a ordem das coisas, bem como se atualizar com relação às demandas do mercado.

Acho que minha rotina de trabalho foi bastante útil para conhecer as empresas, entretanto, somente vinha conseguindo obter uma visão mais clara e independente do negócio em meus estudos de final de semana. A leitura de revistas, pesquisas em Internet e até algumas visitas que consegui fazer em outras empresas, me permitiu definir os três principais pontos da estratégia. Chamar de estratégia pode até parecer pomposo demais, mas era exatamente assim que eu gostaria de chamar e apresentar para o grupo as ações que tinha colocado no papel. Para facilitar a explanação de minhas ideias, preparei uma apresentação formal e marquei uma reunião de diretoria com o conselho para expô-las e começar a implantar as mudanças que entendo serem necessárias para melhorar a situação do grupo. Atualmente as únicas diferenças entre o conselho de administração e a diretoria ainda eram Ana Júlia, o Sr. Rubens Pedreira (que tinha se aposentado) e a Sra. Lúcia de Andrada. Embora não fosse correto do ponto de vista de "governança" do grupo, não tínhamos mais como pagar remuneração para conselheiros externos. Desses, por motivos óbvios, apenas o Sr. Rubens Pedreira compareceu à reunião que tinha convocado, de resto, estavam presentes o Paulo Roberto (ainda diretor financeiro), o Ataíde Filho (ainda vice

-presidente) e o Antônio Rodrigues (ainda gerente das usinas). *Minha grande equipe*, pensei.

Estávamos na mesma sala de reunião onde tudo começou há alguns meses. A surpreendente cooperação dos primeiros meses começava a apresentar desgastes. Já tinha tido algumas discussões com praticamente todos os diretores, as principais e mais calorosas eram sempre com Ataíde Filho, entretanto, sentia que tinha ganho espaço dentro do grupo e algumas medidas "emergenciais" que tinha implantado já tinham trazido resultados, dessa forma, todos prestavam bastante atenção e estavam curiosos no que eu iria comentar.

– Caros, como sabem, é necessário reestruturar nossa equipe e tomar algumas decisões quanto ao rumo do grupo. Ainda como vocês sabem, o vice-presidente e eu temos conversado um pouco sobre esse assunto – na verdade conversa não era bem o termo, talvez melhor fosse utilizar "discussões".

– Também já tinha comentado com alguns de vocês que estava estudando algumas alternativas e ações a serem tomadas daqui para frente. Tenho investido bastante tempo em análises setoriais e estudos de como formalizar um plano para o Grupo. Também visitei algumas usinas e shoppings e estive conversando com a administração dessas empresas sobre alguns pontos que li a respeito sobre cada setor, enfim, fiz uma série de análises para poder fundamentar o que estou apresentando neste momento para vocês.

Tinha previsto que o discurso inicial iria deixá-los mais relaxados, mas, na verdade, estava causando o efeito contrário.

– Bem, vamos lá. – Apresentei a introdução e os tópicos a serem abordados, depois algumas lâminas com a análise de mercado de cada segmento, algumas reportagens etc. Aproximadamente 20 lâminas com o resumo dos levantamentos e dos estudos que fiz.

Apresentei que todas as ações do grupo deveriam ser focadas em dois principais pilares. Que seriam: a preservação do patrimônio remanescente e segundo o foco em negócios em que o grupo tenha experiência, possa ser competitivo apresentando rentabilidade e crescimento. Esses dois pontos foram os fundamentos para a elaboração do plano, bem como devem ser considerados para toda e qualquer ação a ser tomada.

Após essa fase inicial chegamos na parte crítica da apresentação: – Bem pessoal, com base no exposto, essa é a minha sugestão de objetivos que devem nortear nossas próximas ações.

O primeiro ponto da estratégia se referia ao segmento de varejo, ou seja, as lojas de eletro-eletrônicos e de confecções.

– Como vocês puderam observar, o setor varejista vem sofrendo uma grande consolidação de bandeiras e, neste sentido, entendo que nossos competidores se posicionaram de forma mais agressiva e robusta do que nós. Para recuperar o campo perdido precisaríamos de um nível elevado de investimento, que iria demandar um grande volume de capital de giro para investimentos em novas lojas. Como todos sabem, capital é um recurso atualmente escasso em nosso grupo.

Fiz uma pausa para que eles pudessem processar as informações iniciais.

– A grande dificuldade em gerar resultados nestas empresas é justamente devido à nossa estrutura de custos e nossa escala, que é bem menos competitiva que a de nossos concorrentes. Neste sentido, devido à ausência de capital para conseguir se reestruturar e crescer neste setor, minha decisão é a venda das empresas do setor varejista. Com certeza conseguiremos uma boa disputa pelos nossos pontos comerciais e nossas bandeiras.

Estava cometendo uma heresia para o Grupo, vender o "Mercador" e as lojas "Modal", a origem de tudo. Entretanto era a única saída e eu ainda tinha de explicar as outras etapas do plano. Um grande tumulto foi instaurado na sala. Todos questionavam essa ideia de maneira vigorosa, e eu precisava explicar a lógica por trás desta ideia.

– Meus caros, o objetivo desta reunião é validar com vocês todas essas decisões, para que a conclusão fique clara e objetiva. Não tenho a pretensão de desconsiderar os comentários e as análises de vocês, entretanto, caso eu não seja convencido com base em argumentos válidos, as decisões que apresentei serão tomadas. Vamos combinar o seguinte: eu apresento o material e os objetivos que defini e após isso nós discutimos detalhadamente todos os pontos.

Dito isto dei continuidade à minha explanação. A destinação dos recursos das vendas das lojas no varejo seriam, basicamente, duas principais: a primeira, aumentar a participação no negócio de shoppings, como forma de proteger parte destes recursos, bem como manter um fluxo de caixa mínimo de segurança. Embora a rentabilidade de tais investimentos não seja tão elevada, tal setor demonstra ser uma forma segura de proteger o patrimônio, garantir uma razoável rentabilidade e um fluxo contínuo de recursos, que também serão necessários para financiar parte da reestruturação dos negócios.

A outra parte seria destinada para a segunda fase do plano de reorganização, conforme continuei explicando:

– A segunda etapa do plano é focar no crescimento e na melhoria das usinas. Embora seja um setor altamente competitivo e focado em *commodities* (álcool e açúcar), existem boas perspectivas setoriais para o aumento da demanda desses produtos, bem como algumas ações que ainda não foram adotadas e que podem ajudar nos negócios, como por exemplo, questões relacionadas à produtividade, geração e economia de energia para consumo e comercialização, créditos de carbono e outras alternativas, conforme detalhei em nosso plano para análise.

Quando falei isso, Ataíde Filho voltou a ser arrogante e gritou:

– Você irá levar esse grupo à ruína, garoto!

– Calma, Ataíde, vamos manter o que combinamos com relação à apresentação, assim que terminar ficará tudo claro e poderemos discutir.

Falei um pouco mais alto interrompendo o seu discurso e aí continuei:

– Justamente por já existir nas usinas uma tentativa de profissionalizar algumas áreas nos últimos anos é que estou considerando que o foco do grupo deve ser nestas empresas. Neste período em que estou aqui, visitei as usinas do grupo e de outros grupos e aprendi bastante em várias delas, inclusive na questão gerencial. Desse trabalho ficou claro para mim que é fundamental profissionalizar de maneira mais agressiva nossas empresas neste setor para podermos ter a resposta adequada. Entendo que estamos mais bem posicionados para crescer com as usinas do que no varejo, além de termos maiores oportunidades neste setor. Dessa forma, minha decisão com relação a esta questão pode ser resumida em alguns tópicos:

– Primeiro, o Antônio Rodrigues deixará de ter funções executivas, uma vez que não possui conhecimentos técnicos muito profundos das mudanças que vem ocorrendo neste mercado – o tumulto já iria recomeçar quando me apressei em continuar. – Como o Antônio conhece bastante o histórico destas empresas, ficará numa função de conselheiro remunerado, participando das reuniões e discussões, entretanto, sem funções executivas – era uma decisão para evitar maiores problemas, em outras palavras, manteria o custo, sem interferência nos negócios o que já seria um bom negócio.

– Outra ação deste projeto será a contratação de três profissionais experientes para as áreas de Produção, Controle/Finanças e Comercial. Teremos um custo elevado neste primeiro momento, por isso, minha ideia é utilizar parte do recurso das vendas do varejo para este projeto de melhoria organizacional das usinas.

Parei um pouco para tomar água, antes porém, como forma de evitar gritaria, comentei que no material entregue para a reunião (um resumo de meus estudos que chamei "Planejamento Estratégico") tinha todo o detalhamento dos fundamentos de minhas análises, e todos poderiam ler o material um pouco neste momento, o que ajudaria nas discussões.

Por fim, apresentei meus argumentos para a venda de todas as fazendas. Da forma como vinham sendo administrados, tais negócios tinham se transformado em máquinas de rasgar dinheiro, dessa forma, como o objetivo era proteger o patrimônio e focar em negócios em que pudéssemos ser competitivos e rentáveis, essas empresas seriam vendidas o mais rápido possível para evitar maiores custos.

* * *

A apresentação tinha começado às 10 horas e tinha acabado de falar e aberto para início dos debates às 16 horas, a essa altura todos já estavam devorando os sanduíches solicitados e a ideia era que após o "almoço" iria iniciar a temporada de debates. Dito e feito. Mal engoliram os últimos pedaços de pão com recheio, Augusto Rodrigues nem isso fez, falou com um pedaço de carne à mostra, e a "algazarra" começou.

Ninguém se entendia, todos falavam ao mesmo tempo e o debate se estendeu até tarde da noite. A única coisa útil da validação do plano com toda a diretoria foi a confirmação da ideia de que eu deveria seguir em frente sem o aval de todos. Alguns simplesmente não conseguiam formular um raciocínio numa reunião de trabalho, outros, neste caso destaco o Ataíde Filho, tinha uma excelente visão dos negócios, entretanto, pouca capacidade de execução. Durante a reunião percebi que ele concordou comigo em alguns pontos, contudo, não quis dar o braço a torcer. Como percebi que o clima estava ficando pesado e não iríamos chegar a lugar algum, por volta das 11 horas da noite sentenciei:

– Bem, meus caros, está claro para todos o que será necessário fazer. A partir de amanhã iniciaremos a procura de novos profissionais, parceiros, empresas que possam ajudar na negociação das empresas que serão vendidas etc. Não preciso mencionar que todos deverão guardar o mais alto grau de sigilo com relação a essas decisões, sob pena de perdermos muito dinheiro nos negócios. Boa sorte para nós e vamos em frente.

# Capítulo 8

Depois da apresentação da minha "brilhante estratégia", espero eu, tudo mudou dentro da empresa, contratamos algumas empresas de consultoria, inclusive a do meu amigo Marcos, para ajudar nas várias frentes de trabalho, que seriam: venda das lojas de varejo, contratação de profissionais experientes, estudos de mercado, análises das empresas etc.

À medida que íamos analisando as empresas, descobrimos várias frentes e oportunidades junto a tais consultores. Oportunidades relacionadas a aspectos tributários, organização societária etc. Havia muito trabalho para ser feito e o dinheiro era muito curto, dessa forma, era necessária muita ginástica para irmos trabalhando em todas as frentes.

Após dois meses do início da "pequena revolução", apenas o Sr. Ataíde Filho continuou com funções executivas, ainda como vice-presidente.

Ele funcionava como um freio para minhas ideias, sempre criticando e discutindo as ações, algumas vezes reconheço, com toda razão, o que me mostrou que ele seria importante, assim como um partido de oposição é importante para um governo democrático. Não sei exatamente em que momento começou, entretanto, em algumas situações ele passou a compartilhar certo entusiasmo nas ações. Percebi isso quando foram descobertas algumas alternativas para renegociar passivos tributários importantes das empresas, de maneira bastante viável, liberando grandes dores de cabeça.

Entendo que ele começou a perceber que o foco realmente poderia ajudar a melhorar as empresas e salvar o grupo. Numa outra situação que percebi meu vice-presidente notadamente entusiasmado, foi após a primeira avaliação do valor de negociação das lojas. Embora o negócio para nós só trouxesse prejuízos, o valor de mercado das empresas se demonstrou muito interessante pela força das marcas e a boa posição estratégica em vários pontos da nossa região de atuação. A empresa que nos assessorava, apresentou pelo menos três das maiores redes varejistas do país e uma internacional interessada na transação e a perspectiva de valores era bastante interessante. Apesar de não ter muito valor para nosso grupo, essas lojas tinham um grande potencial na mão de quem pudesse tocar o negócio com escala e recursos tecnológicos mais atuais.

Lembro-me de uma reunião com alguns consultores e advogados em que estávamos discutindo as possibilidades em relação à venda das lojas do varejo e percebi claramente Ataíde Filho muito entusiasmado com as boas perspectivas.

No caso das usinas, a primeira etapa do plano, a que não dependia de grandes recursos imediatos, foi feita. Contratamos três executivos para as áreas estratégicas e um deles, o da área de controle/finanças, promoveu uma pequena revolução nas empresas. Era um profissional bastante experiente e levantou vários planos de ações em diversas áreas começando a implementar melhorias importantes. Os demais também já estavam mostrando resultados, entretanto, demandando recursos para alguns investimentos, neste caso, seria necessário vender primeiro as empresas de varejo, uma vez que estava fora de cogitação contratar novos financiamentos, o nível de endividamento já era muito elevado, tínhamos que aguardar a obtenção dos novos recursos.

A parte mais fácil foi vender as fazendas. Tudo foi feito no primeiro mês, sem perder muito tempo. Sabíamos que o valor de tais negócios eram baixos, notadamente pela situação financeira desta parte do grupo. Conseguimos ainda receber um "troco" no processo de venda, entretanto, o mais importante era estancar a saída de recursos para essas empresas e isso já foi uma pequena contribuição dentro do plano estabelecido.

⋆ ⋆ ⋆

O processo de venda das lojas tinha se iniciado após seis meses da discussão estratégica, um ano e alguma coisa depois do início de toda confusão. Por incrível que pareça, até agora meus "patrões" ainda não tinham dado entrada em nenhum processo na justiça contra as decisões do pai e eu estava cumprindo meu trabalho de acordo com o definido pelo patriarca.

Não saberia dizer se o que estava fazendo iria dar certo, entretanto, sinceramente vinha tentando fazer o melhor possível.

A primeira reunião foi com um grupo de profissionais contratados pela maior empresa de varejo de capital nacional, com uma atuação bastante diversificada e desejosa em adquirir o "pacote completo". O processo de compra iniciou-se com um contato de nossos assessores com algumas empresas, esta foi uma que de cara assinou o acordo de confidencialidade para iniciar suas análises sobre o negócio.

O grupo interessado tinha uma história parecida com a nossa, a grande diferença é que foi se profissionalizando e se especializando ao longo do tempo. Hoje era uma rede com mais de 150 lojas. Nossas redes atualmente tinham 25 lojas, todas concentradas em nossa região de atuação, onde o grupo interessado tinha cerca de 40 lojas. Para eles era uma grande oportunidade de crescer, rapidamente, nessa região, bem como conter a expansão de um de nossos concorrentes que vinha num processo vigoroso de compra de pequenas redes, buscando se aproximar da liderança de mercado.

Essa disputa era particularmente interessante para nós, por motivos óbvios. Esse concorrente também já estava na lista de espera para fazer suas análises e isso nos deixava bastante motivados. Pelo que fui orientado, esse pessoal que vinha fazer a análise da empresa vinha atrás de problemas, ou seja, dívidas, problemas trabalhistas, tributários etc., tudo que pudesse levar o preço do negócio para baixo e que pudesse trazer riscos para o novo dono. Quando discutimos sobre esse assunto, Ataíde Filho demonstrou total desconforto, entretanto, não havia nada a ser feito senão deixá-los esmiuçar a empresa para depois observarmos os resultados. Ainda de acordo com a orientação que recebi, em conjunto com esse trabalho, a equipe que estava analisando o negócio deve também fazer uma projeção do valor da empresa para, em conjunto com os problemas identificados, iniciar a discussão de preço do negócio. Estávamos contando com o "leilão" para conseguir o valor mais interessante.

Como forma de preparação, neste meio tempo, minha equipe de assessores já tinha efetuado trabalho similar, procurando estabelecer um valor, bem como identificar problemas para "rebater" eventuais exageros pela parte contrária. Todo esse processo era chamado de diligência (ou *due dilligence*, que é o termo em inglês, mais frequentemente utilizado pelos consultores).

Pelo que percebi desta primeira reunião o trabalho iria se prolongar bastante. Só pelo nível de detalhes e de informações solicitadas, já dava para prever que o processo seria bastante demorado. Pelo menos após a primeira "tropa", deveria ficar mais fácil, pois boa parte das informações já teria sido produzida. Pelo menos foi o que imaginei e esperava que estivesse certo, do contrário, esse processo de venda iria durar alguns meses, talvez mais que um ano e nós tínhamos pressa.

# Capítulo 9

Exceto pelos relacionamentos no trabalho, nesse último ano tinha me tornado uma pessoa bastante isolada socialmente. Na época de advocacia tinha vários colegas da mesma idade, o que facilitava os programas dos finais de semana. Entretanto, atualmente quase não tinha relacionamentos fora do ambiente profissional, o que vinha facilitando a minha vida de trabalho 7 × 7.

Algumas vezes me reunia com um grupo de amigos, entretanto, isso vinha se tornando cada vez mais raro. Como não consegui me acertar com a Rebecca, permaneci sem namorada durante todo esse período, o que dificultava também atender aos compromissos sociais.

Com relação à Patrícia, liguei algumas vezes para sairmos, entretanto, ela desconversou. Não sei se ela estava preocupada com os problemas que poderiam ocorrer deste relacionamento, ou se simplesmente já tinha algum outro relacionamento, o fato é que não a vi mais depois de nosso jantar com a Rebecca.

Numa noite de sábado, após ter trabalhado até umas 10 horas da noite, resolvi fazer um programa de solteiro. Liguei para um amigo meu que eu sabia também estar sem compromisso e saímos para uma boate da "moda". O lugar era fantástico, com música de excelente qualidade e muita gente interessante. *Lugar ideal para achar uma companhia*, pensei.

Foi bom ter chamado este meu amigo, muito bem relacionado, por isso, logo estávamos num grupo batendo papo com algumas beldades. Quando estava num papo todo empolgado com uma das "nossas" amigas, recebi um tapinha no ombro, me virei e dei de cara com Patrícia:

– Olá Ricardo, como você está? – falou toda simpática, percebi que ela estava acompanhada.

–Vou bem, Patrícia, e você? – falei sem demonstrar muito interesse.

– Tudo bem, deixa eu te apresentar meu namorado, o Rafael – cumprimentei-o sem muito entusiasmo.

– Que bom que você está aqui, tenho escutado que você está fazendo uma grande reviravolta no grupo e deve estar bastante estressado.

–Tenho trabalhado bastante. Quanto à reviravolta, não é bem assim.

– Espero que esteja dando resultado – comentou Patrícia, não sei se preocupada comigo ou com sua parcela no patrimônio.

Fiz um movimento positivo com a cabeça enquanto dava um gole na minha *long neck* e voltei para meu grupo.

Agora descobri porque a Patrícia não queria me ver. Tinha um namorado. E qual foi a razão dela não ter me comentado antes. Eu sei que sem motivos, entretanto, eu estava chateado com essa situação. Percebi que ela não tirou os olhos dos meus enquanto se distanciava com o namorado, *será que ela está me testando?*, melhor deixar para lá.

A noite continuou agradável, entretanto, o episódio Patrícia me deixou um pouco fora do ar. Já não encontrava mais o meu amigo e fiquei conversando com uma amiga que ele me apresentou, Paula. A conversa com Paula foi bem interessante e terminamos ficando juntos naquela noite. Por volta das três e meia da manhã, eu e minha companheira de noite já estávamos querendo partir para terminar a noite em outro lugar, entretanto, continuava sem conseguir achar meu amigo.

– Ele já deve ter ido embora – comentou Paula. Liguei para ele e confirmei o "pressentimento" dela, ele já estava bem longe dali. Paula pediu para ir ao banheiro, e enquanto esperava, Patrícia veio até minha direção, sozinha e comentou:

– Ainda bem que deu tempo! – falou enigmática, não tinha entendido nada.

– Olá Patrícia, tempo de quê?

– Tempo de vir até aqui antes de ir embora, estava querendo lhe falar.

Nesse momento todas aquelas conversas de que mulher é um bicho complicado me vieram à cabeça. Primeiro não me dá chance para sair com ela, depois me apresenta o namorado e agora vem dizer que queria falar.

– Cadê seu namorado?

– Está se despedindo de alguns amigos, a essa altura já está bastante alcoolizado para se preocupar comigo.

–Vocês estão juntos há quanto tempo?

– Nove meses. Naquele dia que jantamos juntos, tínhamos brigado e saí com uma amiga para espairecer. Não tenho certeza se quero ficar com ele atualmente, acho que tenho outros interesses.

– Como o quê, por exemplo? – Ela parecia estar pronta para falar algo interessante, quando Paula chegou me puxando pelo braço. Paula era uma estudante de administração de empresas e já trabalhava para uma empresa local. Parecia ser independente e decidida. Mal tive tempo de me despedir da Patrícia enquanto ela me arrastava para irmos embora.

A noite prometia.

– Patrícia, agora eu tenho de ir, vamos tentar marcar para jantar qualquer dia desses?

Ela respondeu de imediato:

–Vamos. Quem sabe, você me liga? – era a deixa que eu precisava.

– Não dessa vez, quando você puder, você me liga – e nos despedimos rapidamente.

Tive um final de noite bastante agradável ao lado de Paula.

★ ★ ★

Logo ao acordar tive uma visão muito agradável da Paula vestida com uma camiseta minha. Já eram mais de 11 horas da manhã e minha "namorada" tinha feito um poderoso café da manhã para repor as energias da noitada. Ficamos juntos um pouco, depois saímos para almoçar mas antes passamos na casa dela para ela trocar de roupa.

Ainda ficamos juntos até o final da tarde, e prometemos nos ver em breve enquanto nos despedíamos no início da noite. Mal cheguei em casa meu celular começou a tocar, era Patrícia querendo conversar. Perguntou se podíamos sair para jantar hoje, já eram 9 horas da noite e eu estava louco para descansar um pouco, afinal, tinha passado vários finais de semana reclusos e não pretendia agora "compensar" o tempo perdido. Não queria parecer indelicado e combinamos no mesmo restaurante em que tivemos nosso primeiro e único jantar, até agora. Nos cumprimentamos e por volta das 22h30 estávamos sentados um à frente do outro, então ela perguntou:

– Como é que estão indo os negócios? – começou querendo quebrar o gelo.

– Estamos trabalhando bastante e, até agora, acho que as coisas estão caminhando bem. Ainda temos muito trabalho, entretanto, já temos um norte para seguir, e todos parecem estar cooperando.

– E como é que meus irmãos estão lidando?

Patrícia sempre ficava totalmente fora dos negócios e nossos encontros eram uma oportunidade que ela tinha para se atualizar. Ela ainda era estudante e vivia, muito bem, graças a uma "gorda" pensão deixada pelo Sr. Ataíde no seu testamento. Acho que ela ainda tem esperança de trabalhar no grupo.

– O único que ainda tem função executiva é Ataíde Filho, vice--presidente e o nível de cooperação até agora é surpreendente.

Conversamos ainda sobre outras questões, a estratégia e como o plano de ação estava caminhando. Não tinha problemas em abrir nossa estratégia para ela, mas ela tinha direito em conhecer, com as devidas ressalvas de total sigilo. Procurei dar uma visão geral do que estava sendo feito e saciar sua curiosidade. Passada esta fase, comentei:

– Seu namorado sabe sobre o seu jantar de negócios? – falei em tom irônico.

– Não estou considerando este um jantar de negócios – comentou também com ironia.

– E ele sabe? – falei dando seguimento à brincadeira.

– Não. Não tenho certeza se ainda tenho um namorado – falou de maneira intrigante.

– O que houve, até ontem a noite você tinha e hoje você não tem?

– Um dia é tempo suficiente para terminar um namoro, não acha? – *e para começar também*, pensei lembrando-me dos bons momentos com Paula.

– Concordo, para começar também – falei lembrando novamente de Paula e sendo enigmático, ela me olhou curiosa.

Falamos um pouco sobre a noite anterior, falei sobre a Paula e ela comentou da briga com o garotão, que saiu da boate embriagado sendo este o principal motivo. Patrícia estava linda como sempre. Se fosse para comparar, ela ainda era mais bonita que Paula e Rebecca. Após isso, conversamos de forma bastante distraída sobre os "ex". Falei sobre a Rebecca e ela falou sobre outro namorado. Pelo que percebi Patrícia nunca teve relacionamentos mais longos, apenas namoros rápidos, nisso nós tínhamos algo em comum. Meu namoro mais longo tinha durado um ano e o dela, cerca de 9 meses.

Enquanto conversávamos fiquei pensando em como seria mais simples procurar alguém como a Paula, tão interessante e bela quanto Patrícia e sem os complicadores que a acompanhavam, entretanto, havia um certo tipo de magnetismo entre nós, o que dificultava não procurá-la mais. Tenho certeza de que ela também sentia algo, do contrário, não teria motivos para me procurar.

– E agora, que tipo de relacionamento você está procurando? – perguntou Patrícia, dando continuidade à conversa, entretanto, aquilo funcionou como um golpe no estômago, de tão direto.

– Olha Patrícia, acho que nós dois sabemos onde isso pode acabar. Eu acho que... – fui interrompido.

– Ricardo, eu sei o que você está pensando, que sou mais nova que você, há toda uma questão da minha família envolvida. O negócio é complicado, entretanto, quero que você saiba que eu não quero ser apenas sua amiga. Desde aquele dia que nos conhecemos que tenho pensado em você. Depois daquele jantar fiquei com muito medo de me envolver, entretanto, depois de ontem vi que não adianta fugir e eu não vou mais tentar fugir.

Dito isso, não havia muito mais o que fazer, eu também estava interessado e, muito embora tivesse mil motivos para não me envolver, não resisti e ali mesmo, no restaurante, selamos o início de "alguma coisa" que também ainda não dava para saber o que era.

Acrescentei mais um ingrediente na maior confusão da minha vida.

# Capítulo 10

Após as análises efetuadas pelo primeiro grupo de interessados nas lojas, já tínhamos duas outras equipes prontas para "entrar em campo". O trabalho de nossos assessores já tinha sido feito, de maneira que já tínhamos uma ideia dos problemas existentes nas empresas, bem como, de um valor estimado para o negócio. Pela importância, bem como, pelo fato de ser o que poderia gerar um maior volume de recursos na venda, escolhemos vender as empresas num pacote único. Como tínhamos pressa, o trabalho do primeiro grupo interessado mal terminou, e já tinha se iniciado os trabalhos da segunda equipe. Era um trabalho penoso para a minha equipe de retaguarda, mas não tínhamos alternativa.

Apesar do desconforto causado, todo esse processo gerou um grande aprendizado para todos no grupo. A oportunidade de discutir o valor do negócio, analisar todas as suas forças e fraquezas, problemas possíveis e imagináveis, era bastante desgastante, entretanto, poderíamos dizer que conhecíamos aquele negócio mais do que nunca. O próprio Ataíde Filho, que no início estava contra essa iniciativa, já estava começando a se interessar cada vez mais pelo processo, vislumbrando que realmente poderia ser um negócio financeiramente interessante para todos. Um dos fatores que mais me preocupava dentro de todo esse processo era a moral da equipe. No passado, toda a área de suporte administrativo e financeiro tinha sido separado para cada tipo de negócio e até hoje esse modelo continuava estabelecido. Dessa forma, o pessoal da equipe das usinas estava bastante motivado com a nova equipe de executivos e com a decisão estratégica de focar neste negócio. O que era motivação para uns, era desânimo para outros. A equipe que cuidava de todo o suporte para as empresas de Varejo estava bastante preocupada com o seu futuro, além de estarem sobrecarregados de trabalho, uma vez que além do dia a dia eles tinham de cuidar das análises e informações que eram solicitadas a todo instante.

Embora eu tivesse adotado a opção de ser o mais transparente possível, sentia um grande desconforto neste pessoal. Quando fizemos a apresentação do plano estratégico, resolvi compartilhar com todos os colaboradores da empresa a minha visão sobre o futuro dos negócios.

Demonstrei os motivos para focarmos num único segmento mais importante, bem como as razões para este segmento ser, neste momento, o de usinas. Deixei claro que no futuro isso poderia mudar, entretanto, hoje, com a visão clara de que devemos proteger ao máximo o patrimônio que já fora constituído bem como, focar em negócios nos quais poderíamos ser competitivos e rentáveis, e isto deveria estar claro para todos.

Procurei mostrar que o objetivo não era diminuir de tamanho e sim crescer com competência e qualidade. Considerando essa premissa, tinha motivos para crer que teríamos espaço para boa parte do pessoal, ou até, se tudo desse certo, precisaríamos de mais pessoas. De imediato pretendia criar um grupo para cuidar dos negócios relacionados às participações nos shoppings centers que, de acordo com nosso modelo, seria aumentada. Também deixei claro que as diversas frentes de trabalho que seriam criadas para as usinas também deveriam absorver muita gente, além da provável necessidade do novo dono em levar algumas pessoas que conhecessem bem as empresas.

Tudo isso fazia muito sentido para mim, entretanto, nada era certo e isso, em alguns momentos, parecia gerar um grande desconforto e temor na equipe. A ideia de criar uma estratégia simples, focada basicamente em dois pontos tinha explicação. Com a mensagem de proteger o patrimônio já construído, gostaria de criar uma cultura nas empresas voltada a evitar desperdícios e negócios que gerem deteriorização de recursos. Com isso, cada vez que fosse pensado em fazer algum negócio, tomar um empréstimo ou vender algo, deveria existir uma justificativa bastante clara das razões e das consequências positivas que este negócio irá gerar para o grupo. Já com relação à rentabilidade, que também era algo óbvio, queria mostrar que nenhuma empresa deveria ser mantida se não gerasse lucro, portanto, negócios como o das fazendas, na forma como vinham sendo administrados, deveriam ser totalmente eliminados. O objetivo era gerar lucro de maneira consistente e prudente.

Numa tarde, após o encerramento dos trabalhos da segunda equipe, reuni todos na sala de reunião para comentar os resultados de uma primeira rodada de discussões de problemas efetuada pela primeira equipe de análise. Queria mostrar o resultado que, para mim, foi surpreendente. Tínhamos realmente várias pessoas comprometidas em fazer um bom trabalho naquele grupo e precisava mostrar isso para todos. Existiam vários problemas, entretanto, poucos eram devido a negligências ou trabalhos mal-executados.

Todos estavam de parabéns e passei uma mensagem que diante dos novos desafios que esse negócio estaria enfrentando, iria precisar da ajuda de pessoas como eles.

Enquanto o processo de venda das lojas caminhava, tinha as ações para a nossa "mina de ouro", as usinas, em andamento. Como pretendia me envolver bastante no processo de venda das lojas, após o processo de contratação dos três executivos-chaves que entendi serem fundamentais para organizar o negócio das usinas, me afastei um pouco desse setor. Já tinha se passado alguns meses desde que a nova estrutura tinha sido implementada e eu pouco tinha me envolvido na análise das ações e progressos obtidos nas usinas. Como não tinha noção da complexidade que um processo de venda de negócio poderia ter, achei que iria vender as empresas do varejo num piscar de olhos e depois concentrar toda minha atenção nas usinas. Isso não foi possível e precisava trabalhar também nesta área de forma efetiva, sob risco de que a segunda parte do plano não desse certo. Vender as empresas de Varejo era importante, entretanto as usinas precisavam dar lucro.

* * *

Percebi a surpresa dos meus novos contratados ao convocar uma reunião após um longo tempo deixando-os totalmente à vontade e independentes. Precisava ter uma conversa bastante aberta com todos, para saber o que eles tinham levantado nas usinas, quais as oportunidades, problemas, riscos, enfim, estava louco para ouvir alguma boa notícia sobre esse negócio, entretanto, tinha muito medo do que poderia vir de informação para mim.

Resolvi começar pelo mais difícil, a área técnica do negócio, a área de produção. Gustavo Araújo era engenheiro agrônomo com uma vasta experiência em usinas de Açúcar e Álcool. Tinha uns 50 e poucos anos e conseguimos recrutá-lo, praticamente, por uma sorte do destino. Ele vinha atuando com grande sucesso como consultor em projetos de melhoria de produtividade e qualidade em usinas em outra região do país, entretanto, estava um pouco cansado dos grandes centros e buscava uma oportunidade de mudar. Até por ser grande conhecedor do mercado, selecionou alguns grupos que, sabidamente, passavam por dificuldades e enviou, via correio, sua proposta de trabalho.

Ele estava disposto a bancar a mudança, moradia etc., entretanto, exigia um horário flexível de trabalho e um nível de remuneração completamente condizente com sua capacitação. Tive a sorte de receber pessoalmente seu currículo, convidei-o para uma reunião e fechamos as condições da vinda dele rapidamente.

Por enquanto, não estava pressionando ninguém das usinas, portanto, eles não tinham do que reclamar.

– Gustavo, poderíamos começar por você? Sei que o ideal seria começar pela área comercial, entretanto, tenho uma preocupação especial com nosso setor produtivo.

– Sem problemas, Ricardo, vou tentar fazer um resumo desses meses de trabalho e análises, e continuou:

– De uma maneira geral, após os primeiros dois meses da análise, estabeleci alguns pontos de melhoria que, com pouco investimento, conseguiria boas melhoras no processo produtivo. Imagine como se você chegasse para revisar um motor de um carro que estava apresentando problemas e de cara observasse falta de água, de troca de correias, óleo etc. Utilizando uma analogia grosseira, foi mais ou menos isso que aconteceu. De uma maneira geral, o parque industrial é bom, foram feitos alguns investimentos importantes nos últimos anos, bem como, as manutenções periódicas que estavam sendo efetuadas, entretanto, alguns procedimentos e melhorias de processo mais recentes, como por exemplo, uma metodologia de acompanhamento e medição mais pontual, não vinham sendo adotadas, o que dificultava a análise da produtividade e rendimento.

Fez uma pequena pausa. Estava gostando do que ouvia. Claramente ele procurava utilizar um linguajar que eu conseguisse acompanhar. Depois continuou:

– Considerando que estávamos trabalhando com uma capacidade ociosa razoável, não me aprofundei mais na questão de produção após esse primeiro trabalho e passei os últimos meses focado na questão de qualidade. Graças ao nosso amigo Pedro Henrique que vai falar daqui a pouco – Pedro era o novo homem do comercial. – Já há uma previsão de aumento de produção para a próxima safra e dessa forma, estarei direcionando meu foco de atenção para a área produtiva.

– Bem, na questão de qualidade, o primeiro ponto de atenção é na área do plantio. Uma das grandes qualidades do nosso negócio é ser autossuficiente em área plantada o que deixa em nossas mãos a responsabilidade por trazer safras de qualidade. Neste quesito agi em três pontos focais básicos: treinamento do pessoal, revisão e seleção de novos insumos (defensivos agrícolas, adubos etc) e mais uma vez monitoramento dos resultados a cada etapa. Também fiz uma revisão no modelo de irrigação de forma a poder obter um melhor equilíbrio em toda área plantada. Tive a sorte de chegar no final da moagem, o que deu para focar na questão de produção logo de cara e, em seguida, comecei a cuidar da preparação da nova safra, e sei que teremos resultados positivos já para próximo ciclo.

– Apresento neste *slide* – falou dirigindo-se a um dos pontos de sua apresentação – uma estimativa de progresso em termos de produção, trabalhando num nível de ociosidade baixo e com melhor produtividade e qualidade. Restará ao Pedro conseguir vender toda essa produção no mercado – falou sorrindo.

– Faço apenas duas ressalvas em relação a esses números: primeiro, temos que recuperar algumas áreas de plantio e, em seguida, será necessário atingir alguns níveis de produtividade mais elevados. Do contrário, teremos alguma dificuldade. Entretanto, como contingência, podemos fechar algumas compras com produtores independentes, se for necessário e já estou fazendo alguns contatos neste sentido. O segundo ponto é que vou precisar de alguns investimentos mais significativos para atingir o nível de produção apresentado, o plano de investimento já está pronto e vou apresentá-lo na próxima reunião do conselho, após a captação dos recursos com a venda das empresas do Varejo, conforme você solicitou. – falou relembrando um acordo que fizemos na época de sua contratação e que "renovamos" recentemente quando o Gustavo me apresentou pela primeira vez suas pretensões de investimentos. Realmente, será necessário captar os recursos da venda para poder bancar esses gastos, entretanto, o resultado parecia bastante interessante.

Bom, depois do Gustavo chegou a vez de Pedro Henrique. Este foi encontrado por um *Head Hunter* "caçador de talentos" que o conhecia e sabia de sua pretensão de mudar de emprego. Ele tinha feito um trabalho excelente na sua última empresa, entretanto, como era um grupo familiar, um dos genros do "dono" não aceitava que ele ganhasse mais do que ele, e começou a perseguí-lo dentro do grupo. Era uma situação ridícula e um profissional do nível do Pedro não iria sujeitar-se a esse tipo de atitude. Ele começou explicando suas frentes de atuação:

– Uma das áreas em que me especializei neste setor foi a de comércio exterior, notadamente, negociações em bolsa de mercadorias e futuros, *tradings* e contatos com outros *players* internacionais. Tenho excelentes contatos com esse pessoal e caso consigamos atingir determinados padrões de qualidade que, pelo que tenho conversado com o Gustavo não será problema, teremos dificuldade em atender a demanda pelos nossos produtos. Assim como na área do Gustavo, a minha tinha vários pontos básicos de ação que vinham sendo negligenciados e uma delas e a principal, é o relacionamento com esses *traders*.

Tomou um gole de água e continuou: "Se você ajudar esses *traders* eles se tornarão seus parceiros e lhe ajudarão também. É nisso que estou trabalhando fortemente agora, ou seja, nos fazer mais conhecidos com esse pessoal em termos de produtos e qualidade. No âmbito local, também tenho comigo uma carteira boa de clientes e contatos para o nosso Álcool e Açúcar e temos conseguido fechar bons contratos."

– Como a produção deste ciclo foi baixa, estamos praticamente com toda a produção bem vendida, ficará o desafio para a próxima safra. Como o Gustavo falou, minha meta é uma venda de qualidade já que a demanda estará em linha com a nossa produção – falou encerrando momentaneamente suas análises por solicitação minha. Já era tarde da noite e pedi para o nosso *controller* encerrar a reunião. Ele também me passou uma visão geral de suas tarefas.

– Bem, Ricardo, nesse período procurei focar bastante na implantação de melhorias de controles internos e na quantidade e qualidade das informações disponíveis. Contratei algumas consultorias que me ajudaram a identificar vários pontos de melhoria, bem como, a implementar várias ações corretivas. Isso me ajudou a identificar problemas, corrigi-los e mudar alguns procedimentos. Isso melhorou várias áreas críticas como controle de gastos com pessoal, compras e a geração de relatórios financeiros. Uma das minhas maiores preocupações é com o pagamento da dívida que se encontra atrasado. Os encargos elevados têm prejudicado e muito nosso resultado. Montei uma planilha de fluxo de caixa e das previsões do que seria possível fazer em termos de amortizações da dívida e fui aos bancos negociar prazos e condições melhores. Mostrei que as usinas têm condições de pagar e também todas as ações que estão sendo realizadas para fazer o negócio crescer. Consegui bons resultados e agora temos um fôlego maior em nosso fluxo de caixa. Como tinha te dito, eles me concederam um prazo maior e retiraram alguns encargos por atraso, o que já deu uma grande ajuda. – Pelo menos essa parte da renegociação com os bancos eu tinha acompanhado e realmente os resultados foram muito bons. Não cheguei a mencionar os recursos das vendas do Varejo, entretanto, acho que assim que tivermos esse dinheiro poderemos negociar com eles uma liquidação dos débitos, ou de parte substancial dos débitos, com algum percentual de redução. Contatei algumas firmas especializadas neste tipo de negociação e acho que as perspectivas são boas. Com relação ao resultado do período, muito embora não seja possível obter lucros nesta safra, devido tanto aos encargos financeiros, como à estrutura que existe, conseguimos também, além da melhoria operacional, redução de custos em compras e em várias áreas, e estamos implantando um orçamento para controle de gastos por centro de custos. A reunião tinha sido muito boa. Estava satisfeito com os resultados preliminares.

– Gostei muito do trabalho de vocês até este momento – falei realmente demonstrando meu entusiasmo. – Peço a todos que me mantenham atualizado das ações previstas, bem como, em relação aos resultados obtidos. Vou deixá-los continuar com o trabalho, focando cada vez mais no levantamento dos recursos necessários para os investimentos pleiteados por vocês. Obrigado pelo esforço e boa sorte para nós. – Fechei a reunião que tinha durado bem mais do que o previsto. Já passavam das onze horas da noite e não tinha mais ninguém no escritório. Fechei minhas coisas e fui para casa.

★ ★ ★

No caminho de volta para casa naquele dia, fiquei pensando: *Pelo menos as coisas estavam funcionando de acordo com meu "pequeno plano" para os negócios.* Baseado no que tinha acontecido nos últimos dias fiz uma avaliação pessoal de que os resultados eram muito positivos. Já tínhamos nos desfeito das fazendas, estávamos com as ações de venda das lojas do Varejo bastante adiantadas e o processo de reestruturação das usinas também estava encaminhado. Caso conseguisse levantar adequadamente os recursos da venda dos negócios de varejo, já tínhamos possibilidade de equilibrar o resultado das empresas no próximo ano com a nova safra.

Realmente, pelo que vinha acontecendo na prática, algumas premissas do meu trabalho vinham se demonstrando corretas. Seria muito mais fácil fazer as usinas darem lucro do que as lojas de varejo, não só pela questão inerente a esses dois negócios, mas também pelo fato de ser mais fácil reestruturar as usinas do que lojas do Varejo, uma vez que as usinas dependem muito mais de fatores internos, ou seja, melhoria operacional e produtividade, do que externos, o que no caso do Varejo era diferente por haver uma grande influência do mercado e de outras variáveis mais difíceis de gerenciar, como a propaganda. Não sei se esse raciocínio era 100% correto, entretanto, vinha fazendo sentido para mim.

Uma evidência de que eu poderia estar no caminho correto é que dificilmente conseguiríamos virar o resultado das lojas de um ano para outro, o que estava sendo apresentado como possível no caso das usinas. Também sabia que não dava para recuperar os dois negócios e que precisaria de recursos para várias ações, portanto, a venda de um deles era a única saída.

Muitas vezes tinha dúvida se o que estava fazendo era o melhor para o Grupo. Vez por outra achava que estava botando muita coisa a perder, entretanto, após aquela reunião estava me sentindo mais seguro com o que tinha sido determinado. Tive uma boa-noite de sono naquele dia.

# Capítulo 11

Conforme prometido a meus executivos do agronegócio, desde a primeira hora do dia subsequente à nossa reunião, foquei na questão da venda das lojas. Convoquei uma reunião com meus assessores no processo de venda, bem como o Ataíde Filho que estava bastante envolvido em todo o processo para discutirmos em que pé o negócio estava.

Quem começou falando foi Raul Montenegro, sócio da área de M&A (sigla para Merger and Aquisitions – Fusões e aquisições de empresas) da firma que nos assessorava no processo. Ele falou:

– Bem, senhores, a situação atual é bastante boa. As três redes interessadas já concluíram suas diligências. Já tivemos a primeira reunião com uma delas e estamos fechando a agenda para as outras duas que deverão ocorrer em breve. Pelos nossos levantamentos, não existem surpresas em relação ao negócio, além do que já sabíamos. As lojas perderam muito espaço para a concorrência nos últimos anos. Embora o faturamento tenha se mantido estável, as margens caíram bastante e se não fosse o privilegiado posicionamento da empresa no mercado de atuação, a situação poderia ser pior. Temos 25 pontos de venda nos negócios, e um faturamento no último ano fiscal de R$ 170 milhões, o que interessa bastante aos três grupos que têm perspectivas de aumentar e muito o faturamento por loja.

– O pacote incluirá todas as lojas e nenhum deles questionou este ponto. Considerando a atual situação financeira das empresas, as análises e projeções realizadas, estabelecemos um preço alvo de R$ 50 milhões por todo o pacote, incluindo nisso o repasse das dívidas do negócio. Ficariam de fora apenas eventuais surpresas do passado que surgissem, entretanto, de acordo com as diligências, existe um risco de existirem problemas, mas esse não é muito elevado.

– Eu preferiria vender sem ter de me preocupar com o passado – falei, lembrando das desconfianças do finado Sr. Ataíde. – Será que não podemos fazer dessa forma?

– É possível, entretanto teríamos uma redução no preço de venda.

– Em quanto? – perguntei.

– Talvez uns 20%.

– É muito dinheiro e vamos precisar dele, vamos pensar numa outra alternativa.

O Sr. Raul continuou sua explanação. Ele ainda comentou que este preço alvo poderia variar para mais ou para menos, dependendo do real interesse das empresas compradoras. Ele comentou que caso todas tivessem uma boa impressão do negócio, poderia haver um leilão com que conseguiríamos um preço maior. Ele iria se esforçar para isso uma vez que eles acreditavam que quem comprasse as lojas estaria fazendo um excelente negócio.

Encerramos a reunião e voltamos à batalha para fechar todo o processo de venda.

★ ★ ★

Os quatro meses seguintes foram realmente desgastantes. Muitas discussões quanto aos reais problemas do negócio, valores, mercado, brigas etc. Nunca imaginei que um processo de venda de uma empresa pudesse ser tão complexo. Na reta final do processo, no fim desses meses todos, ficamos com duas propostas que nos interessavam, uma pelo valor de R$ 70 milhões, mantendo o passado sob nossa responsabilidade e uma de R$ 40 milhões, nos livrando de eventuais problemas do passado. Eu particularmente, não gostaria de ter de me preocupar com o passado desse negócio. Primeiro por "desconfiar" que os problemas deveriam superar os eventuais "créditos não conhecidos", segundo, por que precisava focar todos os esforços nos trabalhos a serem feitos, sem ficar olhando para trás.

Graças ao interesse dos dois pretendentes, consegui o que queria. Propus para a empresa que ofertou R$ 70 milhões fecharmos por este valor, sem nos preocuparmos com créditos e/ou débitos do passado. Comentei que havia chances de existirem créditos no passado, notadamente de questões tributárias e que não nos interessaria correr atrás disso. Já para eles isso poderia se tornar algo bastante rentável. O segundo colocado também aumentou sua proposta para o alvo dos R$ 50 milhões, entretanto, sem o passado. Me livrar desse negócio de vez virou uma obsessão para mim, dessa forma, gostaria de ir até o fim nesta questão. Finalmente, depois de muito trabalho, chegamos ao valor de R$ 60 milhões (líquidos dos custos envolvidos), sem o passado. R$ 10 milhões acima do que esperávamos com o passado. Foi o "melhor negócio possível", falou Raul. Eu estava feliz por que sabia que era um ótimo negócio para todos. O grupo que fez essa proposta primeiro foi o que levou as lojas.

* * *

Estávamos na mesa de operações do banco, com o contrato de venda em mãos, os advogados de ambas as partes de um lado e de outro, esperando a transferência dos recursos. Como estávamos vendendo todas as ações das Lojas, 93% dos R$ 60 milhões iriam direto para a conta da Holding, reforçando o caixa do grupo para os investimentos que precisávamos, o restante, cerca de R$ 4 milhões, iriam direto para os bolsos dos demais acionistas que eram o Ataíde Filho, suas irmãs (incluindo a Patrícia), Antonieta Andrada (que a essa altura já tinha deixado a gestão de seu patrimônio com Patrícia). Ainda existiam outras participações menores (o Rubens Pedreira era um deles), porém o valor era irrisório.

Após trinta minutos de espera, o Diretor do banco chegou com os extratos e os documentos das transferências eletrônicas. Do total de R$ 60 milhões, R$ 55,8 milhões foram creditados na conta da Holding do Grupo e desse valor seriam abatidos os custos da operação (comissões etc., de acordo com o que foi acordado com os acionistas), R$ 941,38 mil na conta de cada um dos três filhos naturais, R$ 651,72 mil na conta da Patrícia (que já era procuradora da mãe) e algo em torno de R$ 100 mil ficou a disposição no banco para o resgate dos minoritários.

Como a venda foi uma questão decidida por mim na gestão dos negócios, não havia o que se falar em instituições de caridade. Fechamos a operação, revisamos todos os documentos, cada um decidiu onde manter ou não seus recursos (para o valor recebido na Holding já havia um planejamento financeiro elaborado) e saímos do banco duas horas depois que chegamos para fechar o negócio e após assinar todo o tipo de papelada para concluir a operação.

* * *

Na saída do banco, Ataíde Filho dirigiu-se a mim e comentou:
– Estamos agora com boa parte do patrimônio da família no caixa da Holding, Ricardo. Vamos discutir cada etapa desse plano de investimentos para não jogarmos todo esse dinheiro fora, rapaz. Tenho muito medo que você coloque tudo a perder.

Estava agora com quase dois anos no grupo e Ataíde Filho, embora me aturasse, morria de medo de que eu fizesse uma grande bobagem com o dinheiro deles. Embora ele reconhecesse que o processo de venda das lojas foi o mais bem-sucedido possível, agora que tinha um caixa reforçado na Holding e iria utilizar esse dinheiro para dar seguimento ao plano do grupo, o medo de que algo errado acontecesse estava evidente nos olhos dele.

– Ataíde, uma das premissas que defini no meu plano estratégico foi a proteção do patrimônio e a rentabilidade. Acabamos de vender com êxito um negócio em que não éramos muito bons e que nos trazia prejuízos. Estamos agora mais capitalizados. Como prometi, vou proteger parte deste recurso num negócio extremamente conservador e o restante irá para investimento nas usinas. Não tenha receio que todas as decisões serão discutidas, como sempre fiz e sempre farei.

Ele não quis prolongar a conversa, acho que estava querendo ir comemorar o fechamento do negócio. Meu amigo João Batista que continuava meu contratado, embora não tivesse tido necessidade de defender minha posição na justiça (estranhamente, a família Ataíde nunca entrou na justiça contra a decisão do pai), continuava me assessorando nos negócios, e tinha ficado os últimos dois meses comigo cuidando do fechamento da venda das Lojas. Estávamos muito satisfeitos com o resultado do negócio e ele comentou:

– Parabéns, meu jovem. Cada vez mais vejo o quão especial nosso amigo Ataíde era ao prever que você faria isso tudo pelo grupo. Vejo que você está no caminho certo e agora acredito que a decisão dele foi a melhor para os negócios.

– Obrigado amigo, entretanto, ainda não fiz nada. Na verdade, essa venda foi a primeira etapa do plano, resta ainda um caminhão de trabalho para ser feito.

Nos abraçamos e nos despedimos. Estava chegando ao carro quando mais uma pessoa me abordou. Era Patrícia, que me esperava do lado de fora do banco.

– Oi, meu amor, parabéns!

Eu e Patrícia estávamos juntos, entretanto, tudo ainda era escondido. Não queria que nosso relacionamento fosse público, preferia manter o sigilo e ela também. Dei uma "carona" para ela e fomos comemorar o negócio bem longe dali.

* * *

No dia seguinte de trabalho precisava iniciar as etapas subsequentes do plano. Com o dinheiro em caixa, os próximos passos seriam primeiro "salvar" uma parte dos recursos, o que cumpriria o objetivo de proteger parte do patrimônio e, segundo, investir no negócio das usinas para conseguir ser competitivo no mercado interno e externo. Cada um dos três principais executivos da área de usinas, já tinham projetos estruturados de maneira bastante organizada com as etapas necessárias e os investimentos previstos. Na verdade, o plano de estruturação de usinas, conforme minha última reunião com eles, já estava praticamente elaborado, restava agora aprovar os investimentos e colocar os projetos para rodar. Neste momento tomei uma decisão bastante "arriscada", entretanto, de acordo com um raciocínio que para mim fazia todo o sentido. Chamei Ataíde Filho na minha sala e comecei explicando minhas ideias:

– Ataíde, já me reuni com a nossa equipe das usinas e eles me apresentaram os planos para reestruturação. Não sou técnico no assunto, mas, pelo que me foi apresentado, entendo que eles estão no caminho certo – ele estava me olhando com um ar de quem não estava entendendo muita coisa.

– Como nós vamos ter duas grandes frentes de trabalho a cumprir, gostaria de contar com a sua ajuda. Até pela experiência adquirida na venda das lojas, sabemos que um processo de compra e venda de uma empresa e/ou participação não é tão simples, dessa forma, gostaria de dividir as duas principais tarefas do plano de negócio com você – ele ainda estava com um ar de quem não estava entendendo nada.

– Gostaria de lhe pedir para cuidar dos projetos das usinas, enquanto eu estudo as alternativas para o investimento de parte dos recursos. Vou precisar que você me reporte periodicamente o andamento, entretanto, a coordenação do projeto será de sua responsabilidade.

Ataíde Filho, com uma grande interrogação, talvez estivesse tentando entender qual a "arapuca" que eu estava armando para ele. Na verdade, minha ideia era ocupá-lo de alguma forma, para que eu pudesse tocar o projeto de investimento sem a sua intervenção. Seria muito mais fácil acompanhá-lo no projeto das usinas do que no dos shoppings. Ainda mais pelo fato de que o projeto das usinas iria depender pouco dele e muito mais dos gerentes. Além do mais, eles também me manteriam informado caso Ataíde tivesse alguma ideia maluca.

Para cortar de vez qualquer dúvida do Ataíde Filho, combinamos que nenhuma decisão relevante seria tomada sem antes a aprovação no conselho. Acertamos nosso acordo e combinamos os termos do monitoramento. Definido isso, iniciamos, cada um, a coordenação de seu respectivo projeto.

# Capítulo 12

Dos R$ 56 milhões obtidos na venda das lojas, R$ 30 milhões foram destinados para investimento em shopping centers, e R$ 17 milhões para as usinas. Essa era a ideia inicial, entretanto, após as primeiras revisões do plano, essa relação passou para R$ 25 milhões para o negócio e R$ 22 milhões para as usinas. A princípio minha ideia era proteger a grande maioria dos recursos, entretanto, para encaixar a necessidade de investimento das usinas no orçamento de R$ 22 milhões foi muito, muito difícil, de encaixar; no de R$ 17 milhões seria impossível. Se possível os R$ 56 milhões iram para as usinas, entretanto, isso eu não permitiria, se tudo desse errado nelas perderíamos muito dinheiro e isso ia contra as premissas que tinha estabelecido.

O processo de compra do shopping foi mais rápido dessa vez. Em seis meses o negócio estava fechado. Adquirimos por R$ 23 milhões (líquido de todos os custos do processo – advogados, consultores etc.), 35% de participação no segundo maior shopping da cidade e o mais promissor (pelo menos era nisso que eu gostaria de acreditar). A região ao redor do empreendimento vinha passando por uma grande expansão imobiliária, com condomínios comerciais e residências. Parte da área ocupada por favelas estava em processo de "revitalização" e o shopping estava muito engajado na organização deste projeto. O negócio foi muito bom. Tivemos certa sorte no processo, uma vez que os donos do negócio tinham adquirido dívidas para financiar parte do empreendimento e, muito embora o negócio apresentasse uma boa margem de rentabilidade, o retorno estava inferior às taxas, encargos da dívida, o que vinha comprometendo o equilíbrio financeiro do empreendimento. Nossa aquisição de 35% por R$ 23 milhões, permitiu liquidar parte substancial da dívida a um custo reduzido. O raciocínio era simples:

Era melhor dividir 35% do resultado com um novo sócio do que ficar com todo o bolo do prejuízo financeiro para si próprio. Mais uma etapa do plano tinha sido atingida.

★ ★ ★

O prazo de fechamento do negócio do shopping me permitiu focar as atenções junto com Ataíde Filho no projeto de "reengenharia das usinas". Pedi uma reunião com Ataíde e a equipe de gerentes das usinas para ter uma atualização rápida uma semana após o processo de aquisição da participação no shopping. Me sentia confortável em pedir essa reunião, sem causar melindres no Ataíde Filho, uma vez que nos últimos dias antes da negociação do shopping ele "se mudou para minha sala", querendo acompanhar todos os detalhes, últimas negociações, o valor do negócio, as cláusulas do contrato etc. Eu não tinha problema em compartilhar essas decisões com ele, ou com quem quer que fosse. Tinha na minha cabeça que no final das contas todo o meu trabalho era em benefício dos acionistas e caso eles desejassem acompanhar os projetos, eu não via problemas. O único ponto pacífico para mim era que a decisão final seria sempre a que eu avaliasse como mais adequada.

Após reunir Gustavo (Produção), Pedro (Comercial), Ataíde Filho e nosso *Controller*, iniciamos nossa reunião. Localizei uma página em meu caderno de anotações, relacionada a uma reunião que tinha tido há alguns meses com o grupo de gerentes das usinas e observei os principais pontos anotados:

*Produção:*

*Revisão do processo com aumento de produção;*
*Melhoria na qualidade;*
*Novos insumos;*
*Plano de investimentos para garantir o aumento da capacidade e qualidade.*

*Comercial:*

*A princípio não há problemas de demanda. O esforço do comercial é conseguir melhores condições e preços de acordo com o mercado. Aparentemente, considerando a capacidade do Pedro, o problema do negócio é interno (diminuir custo, aumentar qualidade etc.), uma vez que boas condições de vendas são bastante possíveis.*

*Controladoria:*

*Principal objetivo é maximizar a aplicação dos recursos da venda das lojas do varejo para diminuir o peso financeiro das dívidas, dessa forma, temos que avaliar qual o limite ideal da utilização dos recursos para pagamento das dívidas.*

Comecei conduzindo.

– Senhores, devido a outros projetos que como vocês sabem estavam em andamento no grupo, passei o último semestre praticamente todo afastado das operações das usinas. Já tinha me reunido com vocês há vários meses para saber como andavam os principais projetos planejados, entretanto, os recursos necessários para implantar boa parte dos planos estava dependendo da negociação bem-sucedida da venda das lojas do varejo. Considerando que os recursos, dentro do possível, já foram liberados, e que tivemos um tempo inicial para avaliação dos resultados preliminares, gostaria de obter de vocês uma posição de tais trabalhos.

Para não parecer desconfiança tinha de "massagear" o ego do Ataíde Filho.

– Sei que o Ataíde Filho tem acompanhado o projeto com vocês, entretanto, devido aos outros projetos eu e o Ataíde não temos conseguido discutir esse assunto, dessa forma, resolvi pedir essa reunião envolvendo todos para ganharmos sinergia e já discutirmos todos os pontos que consideramos relevantes do projeto.

Dito isso e mantendo um procedimento anterior, pedi para o Gustavo me posicionar sobre o andamento de seus projetos. Comecei a prestar atenção em suas explicações, com uma caneta apontando para minhas antigas anotações no caderno. Com base nos relatórios e explicações do Gustavo, pude observar que a produção prevista, após conclusão dos investimentos, já era maior que a inicialmente planejada. Os progressos na área de plantio eram evidentes com uma na qualidade da cana plantada, bem como, todos os investimentos possíveis (após a destinação da verba para amortização de parte da dívida, Gustavo tinha um orçamento de investimento de cerca de R$ 7 milhões). Os resultados eram positivos neste setor que seria o mais importante, ao meu ver, para os negócios. Na área comercial, como o Pedro explicou, minha expectativa se confirmou. Bons negócios estavam em vista e não teríamos problema em vender nossa produção com todos os acréscimos previstos. Pedro explicou, mais uma vez, que sempre existiria demanda para nossa produção e que o trabalho dele era monitorar o mercado para aproveitar as melhores oportunidades e proteger, juntamente com a área financeira, as principais posições da Usina. Não entendi muito bem, neste momento, a dinâmica de algumas operações que Pedro vinha realizando, envolvendo mercados internacionais e bolsas de mercadoria. Sabia que as usinas, de uma maneira geral, por operarem com *commodities* tinham de se proteger de eventuais oscilações nos preços de seus produtos, entretanto, os detalhes das operações envolvendo as bolsas de mercadorias internacionais e algumas *tradings* ainda não estavam claros para mim.

Ataíde Filho parecia dominar bem o tema, além do próprio Pedro que demonstrava grande segurança em suas explicações. Achei por bem não me estender no entendimento daquelas operações naquele momento e deixei agendada uma reunião entre mim e Pedro para poder me aprofundar mais no assunto.

Finalmente o nosso *controller*, que também, de acordo com nossa estrutura enxuta cuida de nossas finanças se reportando diretamente a mim, me apresentou a composição de nossa dívida, já amortizada em R$ 16 milhões, bem como as projeções futuras. Tínhamos contratado uma equipe de advogados e consultores, e esse foi o único processo das usinas que acompanhei pessoalmente, e que nos ajudaram a renegociar nossas dívidas com os bancos. Essa renegociação nos permitiu obter alguns "deságios" importantes que não liquidaram 100% de nossa dívida, entretanto, ajudaram a reduzi-la em bem mais que os R$ 16 milhões investidos.

Funcionava mais ou menos da seguinte forma: uma equipe de advogados comparecia aos bancos junto de nossos consultores alegando que gostariam de rediscutir questões relacionadas à nossa dívida. Depois disso, nossos consultores apresentavam um resumo de nossa operação de venda das lojas e que esses recursos seriam utilizados para liquidação de nossas dívidas. Após esse momento, os nossos advogados apresentavam um "resumo jurídico" do contrato de financiamento, incluindo alternativas legais para renegociação das dívidas.

Como boa parte da dívida era atrelada a taxas de juros bastante elevadas e variações cambiais, tal negociação era bastante aplicável, porém alguns argumentos eram muito fracos, na verdade a ideia era tentar criar uma situação de negociação em que fosse possível buscar algum acordo e obter a maior redução possível na dívida com o dinheiro da venda das lojas. A princípio não me agradei deste tipo de abordagem, me parecia um pouco absurdo discutir um contrato que já tinha sido assinado há muito tempo. Entretanto, os advogados explicaram que, assim como atualmente existe em qualquer contrato de compra e venda de imóvel, tais contratos deveriam prever cláusulas relacionadas a mudanças relevantes no cenário econômico. É como se você assinasse um contrato de empréstimo de financiamento com uma inflação de 2% ao mês e no mês seguinte a taxa fosse para 10%. É óbvio que todas as suas projeções não iriam permitir prever que a taxa de juros se multiplicariam dessa forma. Nesses casos, explicaram nossos advogados, o correto seria sentar e renegociar as condições da dívida. Óbvio que os bancos não tinham essa visão. Após essa primeira abordagem, nossos consultores mostravam que, baseados nas análises dos nossos advogados existia forte embasamento que nós poderíamos renegociar com argumentos bem estruturados é sempre mais fácil fazer acordo com os bancos.

Também mostravam "total interesse e transparência, em negociar um valor sem precisar recorrer às últimas instâncias judiciais". E, neste momento, faziam uma proposta para liquidação dos débitos. Fiquei assustado, pois algumas propostas foram efetuadas em 15% do total da dívida atual, *isso é um absurdo*, pensei, quando vários negócios foram fechados em 40%, na média conseguimos algo em torno de 45%, percebi que realmente poderia haver alguma coisa errada com aqueles contratos.

Além disso, contribuía bastante o fato de que os bancos, na grande maioria, já tinham considerado nossa dívida como incobrável e, consequentemente, lançado os valores para perda, dessa forma, qualquer valor recebido para eles teria um efeito positivo.

Após esse trabalho exaustivo, conseguimos liquidar, como nossos consultores mesmo comentaram "tudo que seria possível com apenas R$ 16 milhões". Eu tinha ficado bastante satisfeito e de acordo com as previsões de fluxo de caixa que fizemos, com os ingressos previstos da participação nos shoppings, bem como, com os resultados otimizados das próprias usinas, seria possível liquidar todos os débitos remanescentes no fluxo de caixa atual de nossa operação com sacrifício, porém de forma totalmente factível.

A reunião não podia ter sido melhor e, pela primeira vez depois de tudo ter começado, comecei a enxergar que aquela estratégia "simples e objetiva" estava dando certo e que o futuro do grupo o qual estava sob meu comando era promissor.

Ao final da reunião, calado, após ouvir aquilo tudo e enquanto as pessoas ainda conversavam, pensei: *Que velhinho danado!, nunca imaginei que eu tivesse potencial para concretizar aquilo tudo e ele, em poucos momentos, conseguiu perceber que eu era a pessoa certa para fazer o trabalho.*

– O quê? – falei me dirigindo a Ataíde Filho como quem desperta de um sonho.

– Já é meia-noite e meia, Ricardo; podemos encerrar a reunião?

– Claro, Claro. Muito obrigado e parabéns a todos pelo trabalho! Boa noite.

# Capítulo 13

Enquanto os trabalhos no grupo caminhavam conforme planejado, meu relacionamento com Patrícia continuava em segredo, porém, estava cada vez mais sério. O ponto mais delicado desta situação era ouvir os comentários maldosos do Ataíde Filho e "Cia" em algumas de nossas reuniões. Comentários do tipo "ainda temos que dividir nosso dinheiro com aquela bastarda", logo após a venda das lojas do Varejo, ou ainda "não vejo a necessidade de chamar aquela aproveitadora", na hora de convocar alguma reunião e outras palavras e termos ofensivos.

Nunca pude tomar partido além de um discurso "clássico", na defesa de filhos adotivos. Quando eu perdia a paciência em alguns momentos e resolvia defender Patrícia ouvia "É melhor não se meter nessa história garoto", "Você vem conquistando nosso respeito no grupo, entretanto, é melhor não se meter em assuntos da família e se concentrar nos negócios".

A situação era muito complicada na minha cabeça. É óbvio que à medida que os negócios iam melhorando, Patrícia também passava a ter uma vida mais confortável, entretanto, ela tinha a menor parte dos negócios, ou seja, eu vinha trabalhando para ajudar mais aos "Ataídes Filhos", do que Patrícia e sua mãe. Em resumo, quanto mais o trabalho dava certo, mais os Ataíde Filho reclamavam da presença da Patrícia em relação à divisão do patrimônio. Realmente havia muita gente ambiciosa e egoísta naquele ambiente. Em vez de olhar para a maior parte do bolo que estava com eles, preferiam reclamar da pequena parte de direito da Patrícia.

Ao mesmo tempo eu vinha conquistando a confiança deles, e isso já se refletia na minha remuneração. As finanças do grupo já estavam equilibradas e dentro de poucos meses estávamos prevendo que as usinas voltariam para o "azul", além do que, nossa dívida estava totalmente administrável e os recursos oriundos da participação no shopping vinham equilibrando nosso fluxo de caixa.

Me surpreendi quando João Batista comentou comigo que tinha conversado com Ataíde Filho e que ele irá propor aos demais acionistas um bônus para mim, bem como triplicar minha remuneração mensal. "Um salário mais adequado para o presidente do Grupo Ataíde de Andrada", saído da boca do próprio Ataíde Filho, como me confidenciou o João Batista.

Quando efetivamente recebi o bônus e o aumento comentado, Ataíde Filho me procurou e explicou que eles tinham que reconhecer meu trabalho nesses quase três anos e que eu fazia por merecer este aumento. Ele comentou: "Ricardo, sei que o começo de seu relacionamento conosco foi bem complicado. Você há de convir que o momento era muito sensível para nossa família, a morte de nosso pai, pois foi uma decisão que não conseguíamos entender e toda aquela confusão, além do próprio risco de perder tudo".

Fiquei calado esperando para ver até onde ele iria chegar. Já tinha desenvolvido uma prática nas conversas com a família Andrada 100% focada em negócios, dessa forma, quando o assunto era *business* a conversa sempre fluía bem, entretanto, quando o assunto era relacionamento pessoal, nós não tínhamos conversa. Ainda tinha um certo ressentimento em relação a tudo que tinha escutado até a situação engrenar.

Percebi que Ataíde Filho estava fazendo um grande esforço para manter aquela conversa e continuou:

– Na última reunião do escritório de nossa família, decidimos, assim como nosso pai estabeleceu, que você já fez mais do que por merecer um bônus, bem como, um aumento.

Continuei calado.

– Dessa forma, estamos aprovando um pagamento de R$ 350 mil a título de bônus e seu salário passará de R$ 25 mil para R$ 55 mil por mês.

Fiquei surpreso, porém continuei calado. Nunca imaginei que a família Ataíde pudesse ser tão generosa comigo. Sabia que meu salário estava defasado em relação ao meu cargo, entretanto, os desafios, o ambiente de trabalho e tudo mais continuava me motivando muito a trabalhar de 12 a 14 horas por dia. Nunca tinha tratado deste assunto com eles, estava procurando seguir o que havia sido "combinado" com o Sr. Ataíde, o pai. O dinheiro ainda não vinha me preocupando, também pelo fato de meu padrão não ter mudado praticamente nada em relação à época que eu era um mero advogado.

– Antes que você se pergunte o motivo, bem como desconfie da nossa generosidade, saiba que solicitamos uma pesquisa de mercado e resolvemos pagar apenas o que seria justo no mercado para alguém na sua posição atual, portanto, não há nada de excepcional no que estávamos propondo.

Após isso comentei:

– Entendo os motivos para esse ajuste na minha remuneração e confio no fato de se basear numa pesquisa de mercado – e continuei: – O mais importante é mantermos nosso ritmo de trabalho e nossa confiança profissional para que nosso planejamento atinja o objetivo e possamos avaliar, inclusive com o João Batista, considerando todos os aspectos legais das procurações do Sr. Ataíde, o melhor momento para fazer minha transição no grupo.

Nunca havíamos conversado em relação a isso, até porque ainda era algo que não estava muito claro de como funcionaria a minha saída do grupo. Esse assunto vinha sendo mantido com João Batista o qual comentou que somente poderia abrir as "alternativas dadas pelo Sr. Ataíde" quando chegasse a hora definida pelo próprio.

– Ricardo, saiba que hoje não temos nenhum interesse em perder sua presença no grupo. Todas as desconfianças e preocupações ficaram para atrás. Hoje entendemos, após conhecer seu trabalho, os motivos que levaram nosso pai a tomar aquela decisão e nós respeitamos isto mais do que nunca. Os resultados estão aí para todos verem.

– Muito bem – comentei friamente.

Por dentro estava feliz com as cifras, entretanto, permaneci sem demonstrar nenhuma emoção para não dar nenhum tipo de satisfação ao Ataíde Filho. Tenho de confessar que aquela atitude me impressionou bastante. Não sei se por implicância, ou sei lá o quê, desconfiei que o Ataíde Filho não estaria sendo 100% honesto comigo. Algumas vezes achei que ele estava fingindo e sentia certo nível de raiva ou angústia travada. *Só pode ser cisma minha*, pensei, *afinal eles não tinham motivo para me dar este dinheiro, eles estão satisfeitos com meu trabalho, estão mantendo seus padrões de vida e ainda estão tendo seus patrimônios consolidados*, devem estar com medo de me perder, por isso fizeram esta oferta antes que eu resolvesse ir embora e chutar tudo para o alto, fazia sentido, porém algo me dizia que havia outros motivos por trás de tudo aquilo.

Depois disso, fui jantar com a Patrícia e contei tudo que estava acontecendo. Ela ficou satisfeita e concordou com os meus argumentos, entretanto, ainda comentou: "É importante continuar alerta, isso tudo parece muito bom para ser verdade".

★ ★ ★

Todas essas novidades de aumento e bônus, só tinham me deixado mais dividido com a situação. O trabalho era muito desafiador e estava feliz com o meu dia a dia. O dinheiro agora era excelente, entretanto, antes do aumento e ainda após todo esse incentivo financeiro, sempre pensava que em algum momento isso tudo acabaria e isso deveria ser bem planejado.

Ainda não há previsão e nem razão para me preocupar com esse assunto agora, de qualquer forma, quando chegar a hora deverei analisar bem minhas alternativas para não pôr tudo a perder.

Estava feliz com Patrícia, estávamos aproveitando bastante também o nosso momento. Tinha descoberto que ela era uma pessoa formidável e nosso relacionamento era muito agradável. Sempre que conseguia uma "folguinha", um feriadão etc., viajávamos juntos e nesses momentos, longe de tudo e de todos, tudo era perfeito. Também já tinha decidido que era uma questão de tempo até abrir todo o jogo para meus "patrões". Não via conflitos nesse relacionamento, entretanto, tinha certeza que o constrangimento no grupo seria grande. Patrícia já era atacada sem motivos por todos, dessa forma, tinha medo que nosso relacionamento pudesse trazer mais transtornos para ela e mais ofensas.

Patrícia nunca se preocupou com isso, entretanto, confesso que eu não gostava da ideia dela ser chamada de "oportunista" por minha causa.

# Capítulo 14

Alguns meses se passaram após aquela minha última reunião com Ataíde Filho. Estávamos para fechar um ciclo financeiro no grupo e estava feliz, pois iríamos anunciar o primeiro exercício social com lucro líquido, era um momento de particular excitação para todos. Estava saindo de meu apartamento no meu carro novinho em folha.

Era um senhor carro, tinha me custado mais de R$ 100 mil, e eu estava desfrutando daquele novo estilo de vida. Patrícia demonstrou certo receio quando apareci com o carro novo, achou aquilo tudo muito extravagante e chamativo, chegou a comentar: "Esse tipo de carro é perigoso, pois chama muita atenção", respondi: "Se tivesse que acontecer qualquer coisa aconteceria de qualquer jeito, mas não vai acontecer!", falei para não dar atenção a este tipo de preocupação. Era uma caminhonete completa que os americanos chamariam de SUV – *Sport Utilitarian Vehicle*, na minha terra natal costumávamos chamar este tipo de carro de "cabine dupla". Esse apelido vem da época em que as primeiras caminhonetes com banco traseiro foram lançadas. Como só existia este tipo de carro para duas ou três pessoas no máximo, quando lançaram as com espaço para pessoas no banco traseiro o sucesso foi total. A partir daí o termo "cabine dupla" passou a ser sinônimo para este tipo de carro e quando surgiram as sem espaço para carga, os mais "antigos" continuaram a chamar desta forma. Hoje em dia acho que esta expressão já caiu em desuso.

Acordei como todos os dias às 6h30, tomei meu banho, li o jornal com calma e tomei meu café. Curti, enquanto destravava o alarme de meu novo carro, mais ou menos a uns 50 metros de distância na garagem, sentei calmamente nele sentindo aquele gostoso aroma de carro novo, liguei o potente motor e coloquei para tocar um dos 3000 arquivos de músicas disponíveis, curtindo cada segundo daquele momento. Senti novamente o cheiro de carro novo enquanto engatava o câmbio automático na posição de saída, estava feliz com aquele momento.

Enquanto dirigia pelas ruas próximas a meu quarteirão tive que parar devido a um carro quebrado fechando o meu caminho, olhei pelo retrovisor para saber se daria para sair pela esquerda e vi que tinha um carro passando lentamente. Pela direita era a calçada, não dava para sair. O carro que vinha pela esquerda parou, fechando minha passagem e comecei a desconfiar que havia algo estranho. Não houve tempo para mais nada. Um homem pulou do carro e apontou uma arma em minha direção enquanto mandava eu abrir o meu carro, destravei as portas e imediatamente coloquei as minhas mãos para cima, com medo de que qualquer movimento mal dado fosse objeto de uma reação indevida.

Tinha sido contra a ideia de blindar o carro, afinal, embora estivesse melhor de vida, havia centenas, milhares de pessoas na minha posição e não estava disposto a entrar neste tipo de paranoia, pelo menos até agora. Se arrependimento matasse. No carro da frente desceu outro homem armado com um tipo de espingarda ou metralhadora que não consegui identificar, porém deu para ver que era bem grande. Enquanto o homem do carro da frente entrava ao meu lado e destravava o meu cinto, o do carro ao lado abriu a porta do motorista e ordenou que eu pulasse para o banco de trás ou levaria um tiro, ainda tentei argumentar: "Levem o carro, minha carteira, celular, tudo, porém deixem-me ir", senti uma forte pancada na testa, no momento em que o homem levantou e baixou violentamente a coronha da arma contra ela. Fui quase que automaticamente deslocado para o banco de trás. Apaguei enquanto ouvia o cantar de pneus por cima da calçada.

Não sei quanto tempo fiquei desacordado, entretanto, percebi que já estávamos rodando há algumas horas. Levantei enquanto ouvia os gritos bradando "acorda grã-fino, precisamos de grana, rápido" – tentei me localizar e lembrei do pesadelo que se iniciara há pouco, "vimos que você tem conta neste banco, vá até lá e saque R$ 10 mil para a gente. Estávamos esperando a agência abrir, o movimento está baixo, vá rápido ou acabamos com você. Meu amigo aqui vai acompanhá-lo." Só tive o tempo de sair pela porta direita de trás do carro enquanto o segundo homem me comentava baixinho no ouvido: "Faça tudo que mandamos e dará tudo certo". Fui até o caixa e apresentei um cheque meu de R$ 10 mil. Peguei todo o dinheiro enquanto era acompanhado de perto e saí calmamente, enquanto era continuamente acompanhado. Estava sofrendo pelo que entendia, um sequestro relâmpago e resolvi fazer tudo o que me mandavam. Já tinha escutado falar neste tipo de procedimento várias vezes, sabia que tudo que deveria fazer era pegar o dinheiro e eles me deixariam em paz. Entrei no carro e disse aos dois: "Está aqui R$ 10 mil, por favor, deixem-me ir agora." Os dois pareciam bem profissionais, estavam um pouco nervosos, porém pareciam cumprir um procedimento padrão, minha cabeça ainda doía e mesmo tendo me agredido, o motorista demonstrava controle da situação.

Me surpreendi com a frase que ele me disse em seguida: "Marcos, cala a boca deste imbecil e vamos logo em frente com o que temos que fazer". Não entendi, já tinha dado o dinheiro, o que mais eles precisavam fazer? Será que eles estavam preocupados pelo fato de ter visto o rosto dos dois o tempo todo? Ele tinha me dado um nome, por que ele faria isto? Comecei a ficar preocupado. Comentei enquanto o "Marcos" tirava uma *"silver tape"*, rasgava um pedaço muito grande e vinha em minha direção: "Eu não vou procurar a polícia, por favor, me deixem i..." fui interrompido com uma fita larga e firme na minha boca, me senti sufocado, pois não conseguia respirar direito somente pelo nariz. Quando fiz um movimento com a mão para arrancar a fita, recebi outro forte golpe na cabeça. Apaguei novamente enquanto sentia o sangue escorrer da testa até o pescoço.

* * *

Segundo Tenente Lucena era um jovem militar muito dedicado ao seu trabalho. Embora trabalhasse favela adentro em longos turnos à noite, correndo atrás de bandidos, arriscando sua vida o tempo todo, não conseguia esconder o entusiasmo ao falar da sua profissão.

Parecia que ele tinha realmente nascido para aquele ofício e ele sentia que estava no lugar que Deus tinha escolhido para ele neste mundo. Ao longo desses dois anos como oficial da Polícia Militar já tinha participado de vários treinamentos especiais ("abordagem e tiro", "operações especiais", "controle de multidões" etc.), muitos deles não exigidos para sua atuação, entretanto, ele sempre fez questão de participar do número maior possível de treinamentos. Devido a sua dedicação e entusiasmo já era o oficial responsável por uma equipe formada de seis homens, sendo dois sargentos e quatro soldados, os quais se dividiam em duas viaturas atuando em conjunto.

Naquele dia, como fazia duas ou três vezes por semana, o Tenente Lucena resolveu fazer uma breve ronda próximo da favela da "boca quente". Famosa pela quantidade de bandidos da pior espécie (sequestradores, assaltantes etc.), era sempre uma região muito tensa e perigosa para atuar, entretanto "faz parte do meu trabalho e não posso deixar de aparecer por lá de vez em quando para mostrar que existe lei". Pensava ele sempre que sentia algum tipo de receio ou recebia alguma reclamação de seus subordinados por ter de ir até lá sem nenhum tipo de chamado. Aquela região também era conhecida como um bom local para a chamada "desova de elementos", o que tornava a área ainda mais perigosa.

Naquele dia, as duas viaturas circularam pela favela com as sirenes piscando, muito embora sem emitir nenhum som. Receberam as animosidades de sempre de alguns moradores e afastaram alguns grupos que provavelmente estavam comercializando drogas. Enquanto alguns suspeitos se afastavam correndo, o Soldado Moisés, que particularmente não apreciava esses arrojos do Tenente, rezava para que o Lucena não "inventasse de sair atrás desses rapazes para interrogatório". Às vezes o Tenente gostava de fazer interrogatórios surpresa com alguns suspeitos só para demonstrar autoridade e impor respeito. Numa dessas vezes um dos suspeitos puxou um revólver ao mesmo tempo em que mais dois bandidos aparecerem por trás de um muro e abriram fogo contra a viatura. Neste dia somente não aconteceu uma tragédia pelo fato de o Tenente Lucena ter puxado sua metralhadora e disparado primeiramente contra os bandidos do muro e em seguida em direção ao suspeito que estava sendo entrevistado, enquanto este último também disparava em direção à viatura.

A tropa passou a respeitar ainda mais o Tenente a partir deste dia, pois mesmo tendo levado um tiro no braço e outro no peito (este no colete à prova de balas), duas semanas depois o Tenente já estava de volta ao trabalho – ele arriscou a vida por nós e não demonstrou medo esse era o comentário da equipe do Lucena – realmente Lucena já estava criando o seu nome na corporação.

Para alegria do Moisés, o Tenente resolveu ir embora sem parar na favela "Vamos, está tudo calmo por aqui hoje". Quando todos suspiravam aliviados ele comentou "antes de sairmos de uma vez da favela, vamos dar uma volta na 'rota dos peixes' – comentou referindo-se ao local por onde seguiam os piores criminosos da favela com suas vítimas fatais (a referência a "rota dos peixes" devia-se ao fato de ser um local da chamada "desova"). O Soldado Moisés voltou a rezar.

★ ★ ★

Despertei do meu desmaio com o som do meu celular tocando. Ainda estava no banco de trás do carro e pelo que percebi do balançar, estava passando por uma estrada esburacada, provavelmente de terra, uma vez que havia muita poeira levantada pela janela. Tentei movimentar minhas mãos para atender o celular e imediatamente me tomaram o aparelho. Acho que eles tinham esquecido deste detalhe o tempo todo. Caso não estivesse desmaiado de verdade poderia ter feito uma chamada de emergência ou algo assim, poderia ajudar, mas agora era tarde demais.

– Imbecil! – bradou o motorista, pelo que entendi se dirigindo ao Marcos. – Não mandei você revistar o sujeito?

Enquanto estava desmaiado sonhei que tinha sofrido um sequestro e que estava deitado no banco de trás do meu carro. Quando acordei fui forçado a lembrar que não era um sonho e sim um real pesadelo.

★ ★ ★

Do outro lado da linha era a secretária particular do Ricardo. Já passavam das 11 horas da manhã e "o Sr. Ricardo normalmente chega bem antes disso, sempre por volta das 8 horas", comentou com a recepcionista quando a primeira visita do dia chegou.

A agenda daquela manhã estava lotada, inclusive com visitas de pessoas de fora. Neste exato momento era um importante cliente que o aguardava na recepção.

Já havia tentado a casa, agora o celular, e nada. Isso era estranho demais. Pensou em avisar a polícia, entretanto, achou que já estava exagerando.

–Vou procurar saber se algum diretor ou gerente tem notícias dele – falou enquanto se levantava para procurar notícias.

⋆ ⋆ ⋆

Ao entrar na "rota dos peixes" o Tenente Lucena percebeu que havia um rastro de poeira levantada na estrada.

– Alguém acabou de passar por aqui a caminho do matagal! – gritou sem conseguir esconder o entusiasmo da descoberta. Nessa hora o soldado Moisés começou a sua oração "pré-combate", invocando proteção divina contra o perigo agora mais iminente. Lucena puxou o rádio do carro e ordenou:

– Sargento Peixoto na escuta? – Sargento Peixoto era o líder da segunda viatura. – Positivo Tenente!

– Desligar o sinal luminoso e seguir em frente em marcha lenta, sem esticar a marcha nem forçar o motor, monitorando as saídas laterais na tentativa de identificar para que lado entrou o veículo que acabou de passar pela via. Copiado!

– Positivo Tenente!

– Checar as armas e preparar para possível ação!

– Entendido Sargento Floriano – falou agora dirigindo-se para o motorista da sua viatura.

– Positivo Tenente!

Enquanto as duas viaturas seguiam adiante a poeira ficava mais densa, evidenciando que o alvo ainda encontrava-se no caminho ou tinha acabado de estacionar.

– Vamos tentar ir um pouco mais rápido para ter um visual do alvo! – falou alto para todos, via rádio, o Tenente.

⋆ ⋆ ⋆

Ninguém tinha notícias do Ricardo e o celular agora estava desligado. A secretária estava começando a ficar preocupada e ligou para a portaria do prédio do Sr. Ricardo e descobriu que ele saiu no mesmo horário de sempre. Essa informação a deixou ainda mais preocupada. Tentou mais uma vez no celular e nada. Já eram 11 horas e 20 minutos

Todos já foram avisados e o Ataíde Filho demonstrou bastante preocupação.

– Será que aconteceu algo? Não é melhor informar o desaparecimento dele para a polícia?

Todos acharam certo exagero nesta frase, afinal, Ricardo poderia ter ido resolver algo pessoal. Realmente era muito estranho ele não avisar. Talvez o celular estivesse com a bateria descarregada. Cada um fazia um comentário e isto só deixava a Sra. Ana mais preocupada.

–Vamos aguardar mais um pouco, ele deve dar notícia.

Neste momento o telefone da empresa tocou. A Sra. Ana tinha dado o telefone do escritório para o porteiro do prédio avisar caso o Sr. Ricardo aparecesse. Ele ligou desesperado quando um marceneiro que trabalhava ali perto passou de bicicleta e avisou que tinham assaltado um "carro grande" hoje cedo ali perto do prédio, umas duas ruas para frente. O Antônio, porteiro atento, descreveu o carro do Sr. Ricardo para o amigo e ele confirmou que o carro roubado, juntamente com o motorista, era parecido com o que ele acabara de descrever, mas, ninguém tinha conseguido anotar a placa, não deu tempo. – Foi tudo muito rápido! A polícia já sabia que os dois carros usados para o assalto também tinham sido roubados horas antes, entretanto, ainda não tinham pistas sobre o carro que fora roubado.

Ao ouvir aquela notícia a Sra. Ana entrou em pânico. Desligou o telefone gritando, dizendo o que acabara de ouvir, misturando palavras e ideias, todos estavam muito confusos.

– Sra. Andréa – falou Ataíde filho dirigindo-se a uma assistente administrativa. – Consiga um calmante para a Sra. Ana.

–Vamos ligar para o Coronel Paulo e para o Delegado Antunes, nossos contatos na polícia militar e civil e vamos pedir todo tipo de ajuda para localizar o Sr. Ricardo, vamos rápido, todos tentando!

Nesse momento já havia um grande grupo de funcionários próximo à mesa da Sra. Ana, enquanto ela chorava e tentava falar com o Antônio. Quando o Sr. Ataíde Filho declarou sua ordem de ação, cada um saiu correndo para tentar fazer alguma coisa.

* * *

– Tenente, acho que consegui ver algo, parece que eles entraram aqui à direita! – falou pelo rádio o Sargento Peixoto.

– Prossiga Sargento!

– Existe muita poeira ainda à sua frente? Como vocês estão levantando um pouco de poeira, não consigo identificar.

Nesse momento o Tenente Lucena respirou fundo, fechou os olhos e os abriu lentamente como quem gostaria de poder perceber o menor sinal de poeira e de marcas recentes de pneu, falou não muito certo:

– Acho que realmente diminuiu, entretanto ainda vejo marcas de pneu!

– Permissão para parar por aqui Tenente e investigar um pouco mais à direita enquanto vocês prosseguem em frente!". Tenente Lucena concordou com a estratégia.

– Positivo Sargento, qualquer visual me avise imediatamente!

Sargento Peixoto parou sua viatura, checou novamente suas armas, e ordenou para os seus dois soldados:

– Armas em punho, me seguindo agachados. João, fique olhando também à esquerda, André à direita e na nossa retaguarda.

Ao caminhar mais um pouco o Sargento teve certeza que acertou no seu palpite, uma pequena árvore estava quebrada e ainda dava para ver as marcas do pneu nelas. Andou um pouco mais à frente e teve um visual. Uma caminhonete Hilux estava parada a uns 30 metros de distância.

– Avisem o Tenente! – falou.

★ ★ ★

Tínhamos acabado de parar o carro, o motorista desceu rapidamente abriu a porta de trás e me puxou para fora. Nesse momento saiu me arrastando por uns metros quando eu tropecei e caí. Isso o deixou muito nervoso.

– Filho da p..., levanta! Marcos passa fita nas mãos deste infeliz! Nessa hora Marcos veio em minha direção e o líder, muito irritado, se afastou um pouco. Foi o tempo que eu consegui puxar a fita da minha boca enquanto o Marcos se aproximava e ainda consegui falar:

– Você me disse que se eu fizesse o que vocês estavam mandando daria tudo certo.

– Cale essa boca!! – falou novamente o motorista enquanto seguia furioso em minha direção. Rapidamente, Marcos colocou outro generoso pedaço de fita na minha boca, me puxou para o seu lado, colocou minhas mãos para trás e começou a passar a fita para prendê-las.

– Deixe que eu cuido dele, você fica vigiando a área para que ninguém chegue perto de nós, o.k.? – falou tentando deixar o motorista longe de mim.

Marcos começou a me arrastar para um local um pouco mais afastado, e começou a rezar em voz alta o bastante para que eu ouvisse. No meio da sua prece ele comentou:

– Desculpe irmão, porém tenho de fazer algo que não gostaria de fazer, entretanto, esse é meu trabalho.

– Irmão? Trabalho? Esse miserável estava indo me matar. E ainda estava me pedindo desculpas. Não fazia sentido. Já tinha dado o dinheiro e ainda assim eles iriam tirar a minha vida, era muita maldade, comecei a grunir querendo falar, reagir, entretanto meu carrasco era forte o bastante para me arrastar. Minha cabeça ainda doía das duas pancadas que tinha levado. Andamos mais um pouco e o Marcos me deu outro golpe forte, só que agora no ombro e me colocou de joelhos no chão. Nessa hora ele começou a checar sua arma, como se cumprisse um ritual.

★ ★ ★

Quando o Tenente chegou com o Sargento Floriano, o Soldado Moisés e o Soldado Filho, o Sargento Peixoto falou desesperadamente:

– Já tenho todo o visual, se vocês não chegassem logo eu teria que agir. Tenente, rápido ou não dará tempo, veja! – falou o Sargento apontando para o visual na frente da caminhonete havia um pequeno descampado, um homem vigiava a área enquanto o outro tinha arrastado a vítima até próximo ao início da mata fechada. A vítima já estava de joelhos no chão, enquanto que o seu algoz parecia estar apenas se preparando para concluir o "serviço", pelo que o Tenente Lucena viu, ele parecia estar fazendo uma prece, ou falando com a vítima.

Realmente ele precisava ser rápido, o bandido agora estava engatilhando a arma e levantando a mão em direção a vítima, o Tenente tinha segundos para agir. Lembrou dos treinamentos, da carreira, de sua missão. Não podia falhar, lembrou uma formação para uma melhor abordagem nesta hora, tinha de ser rápido. Viu que agora faltava pouquíssimo tempo. O Sargento falou desesperado:

– Tenente rápido ou será tarde demais!

* * *

Do outro lado da cidade, mais ou menos cinco minutos antes, Patrícia tinha tomado conhecimento do desaparecimento de Ricardo. Ligou desesperada para Ana, entretanto, não conseguiu falar com ela.

Todos iriam desconfiar do tamanho da preocupação dela, contudo, neste momento isso pouca importava. Ela estava decidida a abrir todo o jogo, não faria sentido esconder mais.

– Preciso saber notícias dele! – gritava Patrícia pelo telefone com a Andréa, que também estava nervosa, porém não entendia a reação de Patrícia.

– Dona Patrícia, nós não sabemos, a polícia já foi avisada e estão procurando por ele, não há nada que possamos fazer agora senão esperar, tenha calma.

– Calma, não me venha pedir calma numa hora dessas, o que foi que houve? O que você sabe? – Andréa resumiu rapidamente toda a história dos dois carros, do marceneiro e do porteiro, do aviso a polícia, Sr. Ataíde Filho envolvendo polícia civil e militar, entretanto, ainda não tinha notícias de onde ele estava. A polícia também tinha informado que parecia um sequestro relâmpago, dessa forma, ele deveria fazer contato em breve. Todas as viaturas estavam sendo informadas e recebendo os dados do veículo.

Essas informações não acalmaram Patrícia, pelo contrário, deixaram-na mais preocupada. Assim que desligou, ela pegou o seu carro e foi direto para o escritório, onde poderia ter informações mais atualizadas de tudo que estava se passando.

* * *

Naqueles cinco segundos cruciais para salvar a vítima, o Tenente Lucena sabia que sua ação não podia falhar, sabia qual seria a melhor abordagem, enquanto o Sargento Peixoto bradava novamente:

– Tenente rápido! – o Tenente respondeu:

– Elemento 1 é o que está vigiando o perímetro e o 2 é o que está com a vítima, entendido? – todos balançaram a cabeça afirmativamente – Soldados André e João se posicionem à direita do elemento 2, e saia gritando palavras de ordem ao meu comando. Sargento Floriano e Soldado Moisés mesma instrução pela esquerda. Sargento Peixoto comigo pela frente. Soldado Filho, fique aqui dando cobertura em caso de troca de tiros com baixas de nossa parte.

– Aguardem meu comando! – falou o Tenente enquanto todos se espalhavam.

Neste momento o Sargento Peixoto não conseguia mais esconder sua irritação. Por ele já deveria ter partido para cima dos bandidos de cara, entretanto, o Tenente sabia que para ter sucesso na abordagem seria necessário cercar o local. O Tenente pensou *Não poderíamos dar chances para que eles escapassem.* Sabia que tentar organizar uma abordagem naqueles poucos segundos que restavam era muito arriscado, entretanto, além da vítima ele tinha de proteger os seus homens e o elemento 1, o qual protegia a área e estava armado com uma metralhadora poderia colocar a vida de todos em risco. Tinha de cercar a área e fazer a abordagem agora que estavam prontos! O elemento 2 agora estava com a arma apontada para a cabeça da vítima, era a hora de agir!

– Tenente, pelo amor de Deus dê a ordem! – declarou completamente desesperado o Sargento Peixoto, no mesmo instante o Tenente gritou:

– Agora! – e partiu em direção dos bandidos gritando:

– PARADOS, VOCÊS ESTÃO CERCADOS, MÃOS PARA CIMA AGORA! – *um dos principais elementos de uma ação desse tipo é a surpresa*, pensou novamente o Tenente. Neste momento o Tenente entrou pela frente apontando sua metralhadora para o elemento 1 enquanto o Sargento Peixoto, mais à direita, também mirava sua pistola para o mesmo alvo. O elemento 2 ao ouvir o grito virou sua arma na direção do Tenente, entretanto, ouviu gritos de ordem também logo em seguida à sua direita e esquerda. Não sabia para onde mirar a arma e puxou a vítima pelo pescoço e mirou a arma em sua cabeça numa posição "tradicional" de quem toma alguém como refém perante a polícia. O elemento 1, como não tinha refém, não sabia para quem mirar, neste momento ficou virando a arma de um lado para o outro, entre o Tenente e o Sargento Peixoto. Ele sabia que se atirasse de um lado, seria alvejado pelo outro.

★ ★ ★

Estava com os olhos fechados orando quando ouvi os gritos e senti Marcos me puxando com força pelo pescoço. Neste exato momento, estava sufocado pela pressão em meu pescoço e com uma arma apontada para minha cabeça. Acho que já estava num estado "zen" de tensão! "Pelo menos minhas esperanças ressurgiram! Agora basta que eles se entreguem!". Pude perceber que havia seis homens da polícia cercando os dois sequestradores. Eles estavam bem posicionados, não havia como os bandidos reagirem sem serem atingidos. O clima estava tenso. Eles ainda não haviam baixado as armas. – ABAIXEM AS ARMAS! Gritou novamente um dos policiais, aparentemente o líder deles. Se eu não estivesse com a boca atada teria dito isso também, afinal, não havia chances para os bandidos, eles tinham que se entregar. De repente, ouvi um estampido, um tiro ou algum tipo de fogo de artifício, disparado ao meu entender, um pouco distante dali.

A partir daquele som, tudo que aconteceu em seguida parecia estar ocorrendo em câmera lenta, pelo menos para mim, que não estava acostumado com aquele tipo de ação. O bandido que eu vinha chamando de motorista, ao ouvir o tiro começou a disparar sua metralhadora na direção do líder dos policiais nesse momento, o policial se agachou e começou a disparar ao mesmo tempo em que ia se protegendo por detrás da minha caminhonete. Ao mesmo tempo o segundo policial que estava mirando no motorista disparou na direção dele enquanto se aproximava e, pelo que vi, o segundo policial acertou quatro tiros no bandido motorista enquanto se aproximava dele com a arma em punho. Não houve chances de reação para ele.

Ao mesmo tempo Marcos retirou a arma da minha cabeça e me empurrou com toda a força para o chão. Ele podia simplesmente ter puxado o gatilho, entretanto, acho que quando ele percebeu que não tinha saída para ele, resolveu me poupar, só pode ter sido isso, pois ao mirar sua arma para a dupla de policiais à sua direita ele ficou totalmente exposto aos policiais que estavam do lado esquerdo, que iniciaram vários disparos na direção dele. Enquanto eu caía no chão, pude sentir que uma dessas balas me atingiu, não sei bem ao certo onde, *acho que foi no ombro*, pensei. Quando eu já estava caído continuei a ouvir tiros, aparentemente em direção ao Marcos que logo em seguida caiu ao meu lado todo ensanguentado. Tenho certeza de que ele ainda estava vivo quando caiu no chão, pois pude perceber ele me olhando e rindo, por notar que eu estava bem: "Poupei você, isso deve contar a meu favor" – ele deve ter pensado nisso antes de apagar de vez. Talvez o fato de eu estar vivo naquele instante deva-se à religião dele a qual eu questionei segundos atrás.

* * *

Ainda estava querendo saber onde o tiro tinha me atingido. Estava me sentindo bem e não sentia nenhuma dor forte, além da cabeça. Logo os policiais chegaram perto de mim e iniciaram um rápido exame:

– Você está bem? Fique calmo enquanto tentamos analisar seu estado. Após uma breve análise, vi que realmente tinha sido atingido próximo à clavícula.

– Tenente, a vítima está bem, entretanto, está baleado, precisamos levá-lo para o hospital imediatamente. Eu estava sentado no chão enquanto o Tenente se aproximava.

Fiquei assustado ao vê-lo de perto, parecia um adolescente. Ele sangrava no rosto.

– Você está bem Tenente? – perguntou outro policial.

– Nada demais, somente um tiro de raspão, vou levá-lo para hospital, por favor, vocês ficam aqui enquanto chamamos a perícia.

O Tenente me levou até uma caminhonete da polícia, juntamente com outros dois policiais. Fui colocado no banco de trás. No momento em que estávamos saindo um aviso no rádio da polícia se fez ouvir: "Atenção todas as unidades, atentar para uma Caminhonete Hilux prata, placa – KYZ-1012, o proprietário foi visto pela última vez hoje pela manhã, quando foi abordado por dois elementos." – o Tenente interrompeu o aviso e começou a explicar a central tudo o que ocorreu e que estávamos a caminho do hospital da polícia militar.

* * *

Patrícia tinha acabado de chegar ao escritório e foi voando atrás da Andréa para saber das novidades. Passou correndo pela recepção de forma que ninguém conseguiu identificá-la direito. Chegou ao andar da diretoria e viu o aglomerado de pessoas ao redor do telefone. Não viu nenhum familiar, só funcionários, de repente ouviu Andréa, que continuava ao telefone exclamar:

– O Dr. Ricardo está indo para o hospital da polícia militar? – foi o que bastou para Patrícia voltar correndo pelo mesmo caminho que fez ao entrar, pegou o carro e partiu em disparada para o hospital.

Patrícia e Ricardo chegaram ao hospital praticamente ao mesmo tempo. Enquanto ela estacionava o carro, ele era colocado numa maca e examinado na emergência. Enquanto ele estava recebendo um rápido curativo no ombro e sendo levado na maca para a emergência, Patrícia entrou correndo no hospital e viu Ricardo no meio dos médicos – ela praticamente voou em direção a ele.

– Ricardo, meu amor o que foi que houve, você está bem? Fale comigo – falou ela em desespero enquanto os médicos tentavam afastá--la. O que ela ouviu naquele momento foi totalmente inesperado e funcionou como um balde de água fria.

– Alguém sabe que você está aqui? – perguntou Ricardo.

– O quê? Esquece isso meu bem, eu não quero mais esconder nosso amor, por favor me diga, você está b... – foi interrompida pelo Ricardo que disse aos médicos que o levavam para a emergência: "Por favor, um minuto, preciso falar com essa moça, eu estou bem, é rápido" – os médicos negaram a princípio, porém Ricardo puxou Patrícia pelo braço e falou em seu ouvido, quando ela estava bem próxima:

– Patrícia, eu te amo, você precisa confiar em mim – parou um pouco para respirar e continuou.

– É muito importante que você me diga, quem sabe que você está aqui? – falou agora um pouco ofegante.

– Ricardo, eu não sei, eu ouvi no escritório que você estava vindo para cá e vim correndo, só falei com a Andréa por telefone, eu acho que ninguém sabe que estou aqui, mas por que tudo isso? – e continuou:

– Eu preciso que você me prometa que vai manter nosso segredo, isso é mais importante agora do que nunca, eu vou ficar bem, prometa que você vai ficar calma e aguardar eu entrar em contato, não converse com ninguém sobre nós e me aguarde, isso é muito importante!

– Mas por quê? Eu te amo e não quero mais – parou com lágrimas nos olhos.

– Eu ainda não sei Patrícia, eu preciso de tempo para pensar, neste momento só peço que você faça o que estou pedindo, confie em mim, por favor! Vá embora e espere que entrarei em contato.

Nesse momento os médicos levaram Ricardo para a emergência e Patrícia foi embora, agora não mais com lágrimas nos olhos, estava sim, aos prantos.

# Capítulo 15

Dois dias hospitalizado e estava louco para ir embora, entretanto os médicos pediram novos exames para minha cabeça, teria que ficar ainda mais alguns dias. Estava com dois hematomas enormes devido às pancadas.

O tiro na clavícula não atingiu nenhuma parte vital ou osso. Estava feliz por estar vivo. Enquanto pensava um pouco em tudo que aconteceu o Tenente chegou para me fazer uma visita.

Descobri o seu nome e fiquei surpreso ao saber que eu tinha sido salvo por "acaso", que ninguém estava me procurando ainda quando eles suspeitaram da poeira na chamada "rota dos peixes", fiquei ainda mais chocado com nome da famigerada estrada. Os dois bandidos tinham sido identificados. Eram procurados pela polícia por sequestros, assaltos, assassinatos, e uma lista infindável de crimes. Eram sujeitos muito perigosos e realmente era um milagre eu ter escapado. Ele ainda me informou que as investigações estavam trabalhando, fortemente, com a hipótese de sequestro relâmpago seguido de tentativa de homicídio. Embora não fosse comum esse tipo de abordagem, alguns bandidos realizam sequestros de forma desastrosa e aí preferem eliminar a vítima. Em outros casos, eles temem ser procurados após o sequestro, isso acontece, normalmente, quando eles identificam que a vítima é policial, procurador, juiz, ou algum tipo de autoridade. Ainda era uma suspeita, entretanto, o delegado da polícia civil que investigava o caso estava acreditando que eles teriam confundido minha carteira de advogado com algum tipo de identificação oficial.

– Sr. Ricardo – falou o Tenente Lucena. – De acordo com a linha de investigação e também com a minha experiência, isso é um tipico caso de sequestro relâmpago. Tudo se encaixa, o seu carro, carros grandes e importados normalmente são um chamativo para esse tipo de abordagem, o valor solicitado, sua carteira de advogado que pode ter feito os bandidos pensarem que o senhor era um procurador ou algo assim, portanto, tenha calma e procure mudar um pouco sua rotina e reforçar sua segurança para que isso não ocorra mais.

Já tinha recebido várias visitas naqueles dois dias de hospital, funcionários, gerentes, alguns amigos. Até o Ataíde Filho já tinha me visitado e tentado me "acalmar", garantindo que tudo corria bem no escritório, entretanto, já tinha pedido algumas vezes e aguardava com ansiedade a visita do Tenente para que ele pudesse me contar um pouco do que tinha ocorrido, de como eles chegaram até mim, e como andava a linha de investigação. Talvez por ter sido salvo por ele e sua equipe, estava depositando uma grande credibilidade nas informações que ele poderia me prestar. Naquele momento fiquei satisfeito com o que acabara de ouvir. Estava preocupado que algum bandido ressentido pudesse vir atrás de mim ou algo assim, entretanto, o Tenente me explicou que normalmente, quando existe uma ação por parte a polícia, a raiva dos bandidos são direcionadas para eles e por isso eu não deveria me preocupar. – Eu tenho de me cuidar redobrado esses dias! – comentou o Tenente.

⋆ ⋆ ⋆

Estava ansioso para sair do hospital, precisava encontrar Patrícia. Ela deveria estar muito confusa com a forma como reagi assim que a vi, e eu ainda não tinha conseguido me explicar. Pelo menos ela vinha fazendo o que pedi. Ainda não sei bem o motivo por ter reagido daquela forma. Estava preocupado com o que tinha acontecido e confesso que também estava um pouco paranoico ou em estado de choque. As ideias estavam bastante confusas, comecei a imaginar algum tipo de conspiração contra mim, achei que minha vida e quem estivesse comigo estaria em risco, por isso agi daquela forma. *E se alguém planejou isso tudo contra mim?*, pensei. *Mas quem e por quê?* – nada daquilo fazia sentido para mim agora e eu estava me sentindo um estúpido por ter agido daquela forma com a Patrícia. Eu ainda estava um pouco confuso, era melhor eu descansar mais um pouco e tentar colocar minhas ideias no lugar.

* * *

Passei mais uns três dias no hospital e depois fui para casa. Não entendi o motivo de ter ficado quase uma semana inteira hospitalizado. Nos últimos dois dias estava me sentindo completamente recuperado, já estava lendo bastante, andando de um lado para o outro e não sentia absolutamente nada, além do inconveniente do curativo no ombro. De qualquer forma não questionei a conduta médica. A primeira coisa que iria fazer ao chegar a casa seria ligar para Patrícia. De repente, o motorista do escritório que me levava para casa desviou o caminho.

– Para onde estamos indo? – perguntei para Sr. Norberto, um antigo motorista do grupo que sempre foi muito educado e atencioso comigo. – Vamos passar rápido para pegar uma encomenda para o senhor no clube dos funcionários, acho que separaram um buquê de flores ou algo assim e pediram para eu ir buscar.

– Obrigado, Norberto, gostaria de chegar logo em casa.

Norberto entrou no clube e parou próximo à quadra central.

– Só um minuto senhor Ricardo – e entrou na quadra e sumiu por uns cinco minutos até eu perder a paciência e sair atrás dele. Ao entrar na quadra ouvi um grande grito "Surpresa!", só então percebi que tinha sido levado para uma festa surpresa. Todos os funcionários das empresas estavam reunidos numa grande festa organizada na quadra central do clube. Havia barracas, banda de música, bebida e muita, muita gente pelo local. Havia uma grande faixa com a frase: "Bem-vindo de volta Ricardo – sentimos sua falta". E muitas pessoas chegaram até a mim para me cumprimentar. De repente uma voz familiar me comentou:

– Tivemos que pedir para os médicos liberarem você apenas quando estivesse em condições de participar de uma festa surpresa, esperamos que goste! – Era Ataíde Filho. O mais surpreendente é que ele se aproximou, me deu um abraço cuidadoso por conta do meu ombro, e exclamou: "É bom ter você de volta!"

Eu não pude conter a emoção ao ver todo mundo reunido. João Batista também estava lá, também me abraçou e falou:

–Você é vaso ruim mesmo, hein rapaz!! Escapou de uma grande!

Nesse momento eu já estava com lágrimas nos olhos. Nunca imaginei receber tanto carinho por todos na empresa, estava com um estranho sentimento de "volta para casa". Aquela empresa já começava a fazer parte da minha vida e eu me sentia feliz em estar com eles. Meus familiares, também estavam ali, tinha pensado que eles já tinham voltado para nossa cidade natal, entretanto, eles ficaram esperando para a festa, era um momento de alegria. Outra surpresa foi ver que além do Ataíde Filho, os demais acionistas também estavam presentes numa mesa isolada. Um por um, com bastante frieza, incluindo Ana Júlia, vieram até a mim me cumprimentar, diferentemente do Ataíde Filho que acreditei estar sendo sincero, os demais me pareciam estar representando.

Finalmente, depois de um período de vários abraços e cumprimentos, me encontrei com quem eu mais estava em débito, Patrícia Andrada. Foi a única pessoa que tive de procurar para cumprimentar, e isso foi bom, pois me afastei um pouco do grande grupo que se formava perto de mim. Cheguei até ela e perguntei com calma: – Como você está? – e ela respondeu:

– Acho que eu é que deveria estar fazendo essa pergunta, não acha? – não consegui conter um riso envergonhado, mas ela não conseguia sorrir, estava realmente muito triste com a forma que eu a tinha tratado no hospital. Pedi e recebi um abraço. Ela continuou:

– Olha Ricardo, nunca imaginei que sua preocupação com o trabalho e sua posição no grupo fosse tão longe ao ponto de querer me negar até naquele momento – falou demonstrando certo rancor.

– Patrícia, não é nada disso que você está pensando, eu também ainda não entendi muito bem minha reação naquele momento, entretanto, entenda, eu estava em choque, muito confuso, com síndrome de pânico e achando que estava sendo perseguido ou algo assim. Tudo estava muito tumultuado e peço desculpa pela forma que reagi. Os dias no hospital foram muito bons para entender tudo que realmente aconteceu e agora estou bem mais calmo, podemos conversar com calma – ela demonstrava certa impaciência comigo.

– Patrícia, eu te amo, você sabe disso, eu preciso de você mais do que nunca, entretanto, vamos deixar as coisas se acalmarem um pouco, eu preciso pensar um pouco mais até me sentir 100% seguro e então podermos abrir o jogo com todo mundo. Eu quero fazer isso rapidamente, porém, quero estar preparado para deixar o grupo neste momento. Entendo que falta pouco para eu terminar minha participação nesta história e dar seguimento à minha vida, nossa vida! Vou conversar com João Batista para entender o que preciso fazer para deixar o grupo.

– Mesmo que o Ataíde Filho não queira que eu saia, acho que com as empresas organizadas, dinheiro em caixa e tudo funcionando, ele não teria muito problema em assumir toda a gestão do grupo.

– Por enquanto continuamos do mesmo jeito? – falou ela com certa tristeza.

– Por enquanto sim, mas logo resolverei tudo, prometo. Também vou tirar alguns dias para me isolar e me recuperar disso tudo, estou pensando inclusive em ir para o exterior. Que você acha? – Nesse momento ela sorriu, o que me deixou muito feliz. Alguém me puxou pelo braço e me chamou para conversar sobre negócios, pedi licença e fui até outro grupo da festinha.

★ ★ ★

A festa começou próximo à hora do almoço e foi até mais ou menos 8 horas da noite. Apesar de me sentir muito bem, estava muito cansado, afinal, tinha passado uma semana hospitalizado. Patrícia tinha vindo também com o Norberto, de forma que não houve desconfianças quando pedi para ele levar nós dois para casa.

No caminho pude conversar com Patrícia com um pouco mais de calma. Incrível como ela estava ressentida.

– Patrícia, você pode tirar umas duas ou três semanas de férias para fazermos uma viagem juntos?

Fazendo um pouco de charme ela disse:

– Será que alguém não vai desconfiar se sairmos os dois de férias ao mesmo tempo?

– Não! Vamos manter em segredo. Eu digo que estou em casa e você diz que está estudando. Posso reservar o pacote?

– Para onde? – perguntou Patrícia, curiosa.

– Vou te fazer uma surpresa amanhã. Quando tudo estiver pronto eu te digo.

Deixei-a em casa e fui para a minha dormir, estava exausto.

* * *

Na primeira hora do dia seguinte liguei para uma operadora de turismo que já tinha se acostumado com os meus pedidos sigilosos e pedi para organizar uma viagem para a Europa. Começando em Paris, onde ficaríamos alguns dias, depois alugaríamos um carro para viajar até a Itália, voltando ainda de carro até Paris de onde partiríamos de volta para o Brasil. Teria que ser uma viagem de umas duas ou três semanas no máximo e pedi para que o roteiro fosse sugerido.

Uma hora depois minha eficiente operadora me ligou explicando: três dias em Paris, depois ainda na França, região dos castelos "Vale do Loire", região da Borgonha (Cidade de Dijon). Saindo de Dijon seguiríamos direto para Florença, na região Toscana da Itália, onde visitaríamos algumas cidades próximas (Siena e Montalcino). Voltaríamos para a França, passando pela região de Parma, conheceríamos a cidade francesa de Strasburgo (fronteira com a Alemanha) e de lá seguiríamos de volta para Paris. O roteiro estava aprovado. Liguei para Patrícia e dei a notícia. Ela não pôde conter a excitação quando passei os detalhes da viagem. Eu também estava feliz. Tentaria esquecer do mundo nessas próximas semanas.

# Capítulo 16

Tirando o fato de Patrícia ter dirigido quase 3 mil quilômetros km sozinha, meu ombro ainda não me permitia dirigir, a viagem foi perfeita. É impressionante como uma viagem dessas é capaz de revigorar as energias e permitir enxergar melhor alguns problemas de trabalho que normalmente não conseguimos verificar quando mergulhados na rotina do dia a dia.

Tinha conseguido aliviar um pouco a insatisfação da Patrícia e também tinha colocado no lugar minhas ideias em relação ao sequestro. Depois do que acontecera tinha ficado paranoico.

* * *

Minha volta ao trabalho aconteceu exatamente um mês depois do sequestro. Embora nunca tenha sido paranoico com segurança, estava ciente de que teria que tomar mais cuidado agora. O grupo tinha contratado uma empresa de segurança, agora para os diretores e acionistas e eu também estava andando com um esquema de segurança reforçado.

Embora não gostasse desse tipo de situação, estava me sentindo mais seguro com essa prevenção. As férias tinham sido revigorantes e eu estava disposto a voltar com força total. Estava tudo bem com Patrícia agora, e minha ideia era terminar meu trabalho o mais rápido possível e dar seguimento na minha vida com minha amada. Convoquei uma reunião com a diretoria e pedi os últimos números do negócio. Esse período fora só serviu para mostrar que o trabalho estava bem encaminhado e que o grupo estava num caminho sólido. O resultado das participações nos shoppings estava indo bem e as usinas estavam com as finanças em ordem e com geração de caixa positivo.

Estava satisfeito com os números, entretanto sabia que não poderia parar por aqui. Praticamente todos os passos do meu plano já tinham sido realizados, entretanto, além de executar o dia a dia, o grupo precisava continuar olhando para frente. Dessa forma, lancei um desafio para todos logo no meu retorno: "Preciso de ideias para novos projetos, e gostaria que cada um de vocês pensasse num projeto novo para apresentar na próxima reunião. Quem quiser discutir comigo fique à vontade. Eu tive várias ideias durante as minhas férias e gostaria de compartilhar com todos".

Sabia que não iria ficar no grupo para sempre. Ao longo desses anos tinha conseguido ser bem-sucedido, entretanto, notei que quando estávamos no processo de venda das lojas do varejo, investindo nos projetos das usinas, negociando com os bancos, organizando os processos, todo o grupo trabalhava com um objetivo e todos ficavam motivados. Agora estávamos passando por uma temporada de estabilidade e sentia que era necessário manter a "chama acesa". Agora tínhamos recursos e estrutura para implantar novos projetos, dessa forma, esperava que boas ideias surgissem. Minhas ideias eram direcionadas ao crescimento. Gostaria de aplicar o modelo de modernização das usinas em empresas com dificuldade, comprando-as barato, organizando-as e transformando essas empresas em boas fontes de lucro.

* * *

Na reunião várias ideias surgiram, entretanto, a grande maioria relacionada à melhoria de processos e atividades internas. Ataíde Filho apenas acompanhava tudo sem falar nada. De repente, Gustavo, nosso engenheiro das usinas, acertou em cheio no que eu estava pensando para o grupo:

– Quando Ricardo lançou o desafio comecei a pensar no que melhor nosso grupo tinha feito nesses últimos anos. Minha ideia era descobrir algo que pudesse aproveitar os nossos melhores recursos, dessa forma eu pergunto: O que de melhor, nós, do grupo de usinas fizemos nos últimos anos?

Todos ficaram calados, resolvi arriscar, uma vez que eu inventei aquele *"BrainStorm"*, pelo menos eu teria que ser atuante.

– Melhorar a operação? – falei tentando demonstrar entusiasmo.

– Exato, Ricardo. Digo mais, nossos advogados, engenheiros, financistas etc., toda nossa equipe, conseguiu transformar duas usinas em dificuldade em empresas estruturadas e rentáveis.

– Perfeito – comentei.

– Dessa forma, sugiro que procuremos usinas que enfrentem dificuldades, analisemos as condições de suas dívidas e seus equipamentos e caso identificarmos que podemos recuperá-las, nós o faremos. O que vocês acham?

Parecia uma ideia bastante simples e se encaixava perfeitamente com as estratégias que tínhamos.

– Brilhante, você já tem algo em vista? – perguntei.

Todos pareciam concordar com ideia, alguns com algum tipo de receio, o que era natural, entretanto, a grande maioria concordou com a ideia do Gustavo. Dessa forma, continuei:

– Gustavo, sei que você já tem muito trabalho, entretanto, quero que você seja o líder para montar um grupo e tocar esse projeto. Vamos analisar exaustivamente cada oportunidade e se sentirmos que é viável, vamos em frente! Quero que nossos advogados, nosso financeiro, e todas as áreas-chaves sejam envolvidas nessas avaliações e caso tenhamos o parecer favorável e fluxo de caixa suficiente.

# Capítulo 17

Após aquela reunião pude sentir que o pessoal estava, novamente, com os olhos brilhando com as perspectivas de novos investimentos e em descobrir empresas que poderíamos recuperar. Durante meus estudos do mercado e das empresas do setor, já tinha mapeado algumas usinas em dificuldades, com perfis bem parecidos com o nosso. Sabia que teria dificuldade em fechar negócio com esses grupos, notadamente por que poucos estariam dispostos a abrir mão dos negócios, até por orgulho.

Também não tinha interesse em trazer novos sócios para o grupo, portanto teria que adquirir essas empresas com 100% da participação, o que também dificultaria em muito todo o processo. Os Ataíde não estavam nada satisfeitos com essa empreitada, entretanto, eu sabia que poderíamos ter sucesso e não hesitei em seguir em frente. Passamos praticamente um ano garimpando usinas e conseguimos adquirir três pequenas empresas com gravíssimos problemas financeiros.

Dívidas com bancos, trabalhistas, falta de investimento em equipamento etc. Quando fechamos o primeiro negócio, tirei algumas pessoas chaves de cada área e criei um grupo exclusivo para a recuperação e gestão dessa empresa, grupo que chamei de UTI (Unidade de Tratamento Intensivo). Como estávamos entrando em um terreno totalmente novo, começamos com uma pequena Usina. Assim que fechamos o negócio, por um valor completamente irrisório, na verdade o antigo dono estava se livrando de parte da dívida que tinha acumulado, fizemos todo um tratamento de choque com advogados (negociações com a justiça do trabalho, bancos, equipe técnica etc.). Os primeiros seis meses nesta primeira "nova" Usina nos fizeram pensar que tínhamos nos metido num grande fria, uma vez que quanto mais mexíamos mais problemas apareciam. Somente quando as primeiras renegociações com bancos foram confirmadas e que os resultados em investimento e produtividade foram apresentando melhorias é que fomos ficando mais tranquilos. Como tinha pressa, os primeiros resultados positivos, após esses seis meses, foram o suficiente para fecharmos com outro grupo em dificuldade, só que neste caso foram duas usinas. Após isso, ficou difícil administrar o dia a dia dos negócios que iam bem. Essas três usinas "doentes" estavam tomando todo o tempo da UTI e mais uns 50% das demais operações. Estávamos começando a perder o controle sobre as operações e tive que contratar mais gente para a administração das empresas.

Um ano depois do novo processo de aquisição a rotina nos negócios ainda estava uma "loucura", tínhamos agregado mais pessoas ao processo, porém, para amadurecer a estrutura, ainda demandaria algum tempo, somente um ano e meio após o início de todo o processo é que a tempestade começou a se acalmar. Realmente todo o trabalho valeu a pena, nossa equipe de UTI tinha tratado muito bem dos pacientes e agora as empresas já tinham um caixa positivo e uma estrutura econômica-financeira equilibrada, notadamente pelo sucesso, mais uma vez das renegociações das dívidas.

Algum tempo depois de todas as negociações, incorporamos as empresas ao grupo e tínhamos então uma estrutura bastante reforçada e uma geração de caixa bastante robusta, realmente tínhamos criado uma equipe muito competente. Todos estavam bastante satisfeitos. Durante este período de estruturação da incorporação das três usinas, tive um jantar de negócios com alguns executivos das maiores empresas da região. Um deles ficou particularmente impressionado com tudo que tinha acontecido no grupo Ataíde de Andrada. Ele conhecia bastante o Sr. Ataíde e sua construtora foi a responsável por levantar praticamente todos os prédios do grupo. Contei para ele também de nossos investimentos em shoppings e ele comentou que também tinha uma estratégia parecida. Naquele momento ele estava tocando um projeto de construção de um grande condomínio comercial.

Falei que teríamos interesse em investir neste projeto. Em alguns meses e várias reuniões depois, fechamos negócio no qual o Grupo

Ataíde de Andrada investiu junto com a construtora em um dos maiores edifícios comerciais locais (tivemos que negociar bastante os valores e o fluxo de pagamentos, seria necessário obter um financiamento para entrar no negócio, entretanto, no final conseguimos uma participação interessante, dentro das condições financeiras do grupo – não podíamos, nem queríamos nos endividar com tais investimentos).

⋆ ⋆ ⋆

Nesse período entre a minha volta ao trabalho após o sequestro e o desenvolvimento dos novos negócios, trabalhei mais do que nunca no grupo, muito mais do que havia trabalhado no início. A reestruturação das três usinas demonstrou ser uma ideia de "maluco", porém, "graças a Deus", estava dando certo. O investimento no prédio comercial não deu muito trabalho, mas, poderíamos perder um bom dinheiro no empreendimento e isso tinha sido objeto de muita discussão com os Ataídes, que agora estavam cada vez mais distantes da gestão.

# Capítulo 18

Estávamos fechando mais um ano do negócio sob minha gestão. Surpreendentemente, o nível de sucesso que o grupo tinha atingido era enorme. Agora o faturamento do grupo, que quando eu assumi estava na casa dos R$ 90 milhões, estava em R$ 580 milhões. O crescimento vinha substancialmente do resultado do crescimento das usinas, agora no total de cinco incorporadas ao grupo, o que, além da melhoria operacional, tinha ajudado a triplicar o tamanho deste negócio, bem como, nossa estratégia de manter investimentos mais conservadores em shoppings e imóveis comerciais, os quais vinham garantindo uma boa renda de aluguéis.

O grupo agora tinha cinco usinas e nossa participação inicial de 20% no shopping Vila Harmônica tinha passado para 45%, além de 20% de participação em outros shoppings, além de, minha menina dos olhos que era o maior empreendimento comercial da nossa região e nossa participação era de 30%. Investimos nesse imóvel algo em torno de R$ 55 milhões com uma linha de financiamento de longo prazo, através de uma Holding constituída com nossos sócios. O valor atual estimado da nossa participação era previsto em R$ 160 milhões. Um excelente negócio. As rendas de aluguel obtidas estavam acima da expectativa e estávamos garantindo o pagamento do financiamento com certa tranquilidade.

Na minha cabeça tinha levado o grupo até o ponto que eu pretendia. O valor das empresas agora era bastante significativo e se aproximava cada vez mais o momento de sair.

Nesta altura do trabalho, nem mesmo Ataíde Filho participava mais da administração dos negócios. O que eles estavam retirando de dividendos já era suficiente para mantê-los bem afastados das empresas, isso na minha avaliação era até positivo.

Já passava das 22 horas no escritório e olhando os números da apresentação que acabara de fazer para o conselho decidi que era chegado o momento do meu "movimento final" no grupo. Faturamento de mais de R$ 500 milhões, um lucro consolidado de R$ 83 milhões, dinheiro em caixa, sem dívidas significativas, bons investimentos, enfim, o grupo agora valia uma fortuna. Tinha ficado famoso devido a tudo o que aconteceu.

Consegui construir bons relacionamentos com alguns empresários e, os negócios que tínhamos apostado, em sua grande maioria, estavam trazendo bom retorno. Eu estava decidido: *Era a hora de ir embora.*

Liguei para João Batista e pedi para ele pegar o primeiro avião na manhã do dia seguinte para nos reunirmos. Gostaria de saber das condições que foram estabelecidas pelo velho Ataíde para minha saída e precisava tratar disso com urgência.

* * *

Cheguei em casa um pouco depois das 22h30. Patrícia me esperava. Como sempre, tinha trabalhado bastante também durante o dia e aparentava cansaço. Há mais de um ano estávamos morando juntos e aproximadamente há dez meses ela vinha cuidando de nosso "plano pessoal". Não era fácil, isso estava tomando muito o tempo dela. Contratamos uma equipe de enfermeiras e médicas de alta qualidade para acompanhar a mãe dela e todos os dias ela passava algumas horas com a mãe. Agora éramos praticamente casados, às escondidas, ainda. Quando nosso plano estivesse concluído, não teríamos mais motivos para esconder nosso relacionamento, na verdade, faríamos questão que todos soubessem.

– Como foi o seu dia? – perguntei

– Corrido, nunca imaginei que "nosso projeto" pudesse dar tanto trabalho.

– Estamos mais próximos agora do que nunca Patrícia, com base nos últimos resultados do grupo, estou me preparando para a saída. É importante que tenhamos todo o cuidado no que vamos fazer, os riscos são grandes, não podemos deixar nenhum ponto pendente antes da minha saída do grupo. E agora, mais do que nunca, estou convencido que já é o momento.

– Eu sei, não se preocupe, estou fazendo tudo o que você me orientou e pediu, tudo estará pronto quando precisarmos.

Sabíamos que o meu tempo no grupo era limitado e tínhamos um plano estabelecido para a hora da minha saída. Ela sabia que o papel dela era fundamental, pois parte de nosso "plano de saída", precisava de uma série de providências para que tudo desse certo, dessa forma muito trabalho precisava ser feito.

Repassei com ela os últimos resultados e ela ficou realmente impressionada com os números. "Parabéns" ela exclamou. "Acho que já teremos uma boa margem para negociarmos". Falou demonstrando segurança e lembrando de tudo que combinamos para aquele momento.

# Capítulo 19

João chegou mais cedo do que eu esperava, isso era bom, tinha vários pontos para conversar com ele. Comecei apresentando os últimos números do grupo. Ele já estava distante há algum tempo. Sempre monitorava minhas ações à luz do que o seu cliente tinha estabelecido, entretanto, estava bastante distante do dia a dia do grupo. Ele me deu os parabéns e perguntou o que eu tinha de tão urgente para falar.

– João, você tem sido um bom amigo ao longo desses anos e eu agradeço. Compartilho hoje de grande confiança em você, acho que você já sabe disso – falei pausadamente.

– Olhando esses números ontem à noite percebi que o meu papel no grupo já chegou onde tinha de chegar e está na hora de sair – falei passando para ele o relatório do conselho, ele olhou os números rapidamente e depois me encarou com uma cara assustada, não sei exatamente se com os números ou com a notícia.

– Dessa forma, preciso saber o que o Sr. Ataíde me deu de opções para quando este momento chegasse.

– Mas por que, Ricardo? Você está sendo extremamente bem-sucedido, é reconhecido no meio empresarial, ganha um bom dinheiro, tem total liberdade na liderança do grupo, os negócios estão indo de "vento em popa" e você pode desfrutar disso ainda por muito tempo. Tenho certeza que o Sr. Ataíde ficaria feliz se você ficasse aqui por mais um tempo.

– Eu sei meu amigo, entretanto, eu não estaria feliz. Tenho razões muito fortes para tomar essa decisão e quando chegar o momento oportuno você saberá exatamente dos meus motivos – ele me olhou com uma cara assustada. Continuei:

– Além disso, toda aquela história do sequestro relâmpago, em que quase morri, me deixou um pouco abalado. Embora eu esteja me sentindo muito bem aqui, sei que não é o meu lugar e que isso mais cedo ou mais tarde iria acabar mesmo, portanto, é melhor que seja logo. Também tenho alguns projetos pessoais os quais trabalhando aqui não seria possível tocar – comentei desconversando.

Um grande silêncio fez-se na sala e João Batista parecia estar triste com aquela notícia. Continuei:

– Lá atrás, logo no começo, se eu abandonasse ou morresse tudo seria vendido e iria para uma instituição de caridade, certo?

– Certo – respondeu.

– Caso eu queira, como presidente do grupo, tomar a decisão de vender as empresas na situação que elas se encontram hoje, à luz do que o Sr. Ataíde definiu, eu teria esta autonomia? – Não sei o que os Andrada fariam no comando das empresas, dessa forma, como presidente, acho que o melhor é vendê-las para um grupo que possa tocar os negócios.

– Entendo que esta é a melhor decisão, entretanto, não sei se tenho autonomia para vender as empresas para um grupo de minha escolha, além de não saber se há alguma outra determinação dele.

– Eu preciso resgatar um pouco este assunto Ricardo, entretanto, pelo meu entendimento de tudo que o Sr. Ataíde fez, nós teríamos esta alternativa sim.

– Não há nenhuma restrição para que o controle volte para a família caso eu me aposente?

– Não. Em nenhum momento o Sr. Ataíde menciona em devolver o controle do negócio para a família. Na verdade acho que está bem claro que você poderá vender o grupo para quem você quiser, entretanto, acho que ele estabeleceu alguns parâmetros para lhe dar essa autonomia.

– Que tipos de parâmetros?

– Acho que são parâmetros de rentabilidade, crescimentos, liquidação de dívidas, algumas coisas assim.

Aquilo fazia sentido. O Sr. Ataíde deixou tudo amarrado, ou seja, se ele estivesse certo e eu conseguisse organizar os negócios isso me credenciaria a decidir o que seria melhor para o Grupo.

– Caso atingisse esses parâmetros eu poderia, por exemplo, decidir que o controle das decisões voltaria para a família?

– Não tenho certeza, preciso voltar para meu escritório e estudar todo o processo novamente e lhe dar uma resposta com 100% de segurança – ele fez uma pausa e complementou: – Estou me lembrando de algo sobre devolver o controle para a família, entretanto, não tenho certeza.

Esta última informação me deixou um pouco preocupado, o João Batista não poderia sair de perto neste momento:

– Prefiro que você fique por perto estes dias. Peça para que algum advogado assistente traga todo o processo para cá para que você trabalhe por aqui. Desculpe, nem perguntei se você pode, entretanto, é muito importante ter você por perto nesse momento.

– Sem problema, Ricardo. Faremos desta forma.

Terminei aquela conversa toda com uma grande "pulga atrás da orelha". E se eu fosse obrigado a devolver o controle para a família Ataíde? E se eu não pudesse vender as empresas? Todo o meu plano iria por água abaixo. Tinha de deixar claro que se o controle voltasse para a família não saberíamos o que poderia acontecer com as empresas. Eu estava muito ansioso, entretanto, tinha de me acalmar e esperar as informações chegarem para decidir/rever todo o meu plano com a Patrícia. Parei um pouco e pensei:

*Calma nesta hora, o nível de tensão está ficando muito elevado, entretanto tenho de ser racional e ter todas as informações para tomar minha decisão.*

* * *

Naquele dia saí do escritório às 17 horas, tão cedo que o dia ainda estava claro. Isso raramente acontecia. Após alguns meses depois do sequestro, principalmente com o andamento e resultado das investigações, resolvi dispensar os seguranças. Não tinha mais motivos para isso.

Estava tentando lembrar da última vez que tinha saído neste horário e não conseguia, se é que isso já tinha acontecido. Liguei para Patrícia e ela estava na casa da mãe dela. Passei por lá e fomos jantar num bom restaurante.

Comecei o jantar com um ar cansado e preocupado. Ela tentava relaxar com uma taça de vinho, entretanto, estava apreensiva com a minha expressão.

– João Batista está estudando o processo para saber se eu posso vender ou não a empresa – ela procurou demonstrar calma e continuei:

– Pode ser que exista alguma cláusula que faça com que o controle dos negócios volte para a família e, neste caso, eu não teria autonomia para vendê-la, sem contar que os seus direitos poderiam ser prejudicados.

– Ricardo, João Batista tem certeza disso ou irá estudar um pouco mais?

– Ele não tem certeza, um advogado dele está chegando hoje à noite e amanhã eles vão investigar.

– Então vamos aguardar todas as informações e, conforme seja, se realmente for necessário, vamos estudar outras alternativas, ainda temos tempo. Relaxe um pouco.

Patrícia sempre me surpreendia com sua calma. Pelo menos alguém estava sendo racional naquele momento.

Vamos esperar mais um ou dois dias para decidirmos o que fazer, somente após termos todas as informações.

# Capítulo 20

Às 16 horas do dia seguinte, João Batista me explicou que o Sr. Ataíde tinha estabelecido parâmetros de crescimento e rentabilidade que, caso fossem atingidos, eu poderia decidir pela venda do Grupo na minha saída e dividir o valor da venda das empresas para a família. Tudo voltava a se encaixar e eu respirava aliviado. Pelo menos eu tinha uma folga em relação aos parâmetros estabelecidos. Ele ainda estabeleceu que 10% do valor obtido na venda ainda seria destinado a uma entidade filantrópica.

Segundo João Batista isso era altamente confidencial e como já estávamos tratando da minha saída ele resolveu abrir todas as informações. Sr. Ataíde confiou esta decisão a mim, somente a mim, ou seja, apenas eu poderia vender o grupo desta forma. Na cabeça dele eu saberia escolher um grupo adequado para perpetuar o trabalho dele.

Era melhor vender o Grupo saneado para uma empresa responsável do que deixar na mão da família e ver o negócio ir por água abaixo novamente. A questão da volta do controle também foi esclarecida. Segundo João Batista, eu também teria autonomia para devolver o controle, entretanto, era uma decisão que eu poderia tomar caso vislumbrasse alguém que pudesse ser confiável. Definitivamente eu não utilizaria esta prerrogativa.

O que o Sr. Ataíde tinha estabelecido para médio e longo prazo sempre me deixou um pouco intrigado. Sempre me questionava: E quando eu quiser ir embora? Tudo volta para a "gestão" dos Ataídes Filho e Cia? E se todo esse trabalho fosse por água abaixo? Já havia uma cultura no grupo em relação aos resultados, novas pessoas estavam ocupando postos importantes, entretanto, se tudo voltasse ao que era antes da morte do Sr. Ataíde o negócio poderia voltar à estaca zero. Por outro lado, imagino que ele deva ter pensado num plano B para quando eu quisesse, espontaneamente, deixar o grupo. Talvez, mais uma vez, tudo fosse vendido em benefício da instituição de caridade que ele sempre cuidou, entretanto, isso não parecia muito lógico também, pois, de qualquer forma, a família que "aceitou" os termos dele depois de tanto tempo ficaria sem nada. Isso também não parecia muito justo.

De acordo com a lógica que construí para o meu "plano de saída", imaginava que o Sr. Ataíde poderia ter me dado o poder de escolher um grande grupo, o qual pudesse, de maneira bastante profissional, tocar os negócios sem a presença da família. Na minha cabeça essa era a melhor saída, uma vez que todos ficariam felizes. Vejamos: um trabalho de estruturação do negócio deveria ser implantado (e foi), a empresa neste momento passava por uma posição muito mais sólida, todos estavam felizes. Por outro lado, não dava para prever o que aconteceria se todo o controle voltasse para as mãos dos filhos, dessa forma, na minha lógica, o melhor era identificar um grande grupo para colocar uma pequena fortuna nas mãos dos "Ataíde Filhos" e esse novo grupo seguiria tocando as empresas. Eu até já tinha estudado quais grupos nacionais e internacionais poderiam ter sinergia com a compra de nossas operações.

Tudo que João Batista comentou se encaixava exatamente com o que eu previa que o Sr. Ataíde deveria ter estabelecido para minha transição. Eu tinha decidido: era a hora de vender o grupo e eu iria escolher o melhor comprador com o máximo de cautela possível. Meu futuro iria depender disso.

– João, eu quero que você cuide de tudo o que for necessário para darmos seguimento a esse processo. Vou convocar uma reunião extraordinária do conselho e apresentar minha decisão. Enquanto isso, você já pode cuidar de toda a parte burocrática.

Precisava ligar para Patrícia para dar as boas notícias. Quando eu ouvi do outro lado da linha o "alô" dela, falei: "Tudo certo conforme havíamos previsto, vamos em frente com nosso projeto!" Só deu para ouvir uma grande e gostosa risada do outro lado da linha: "Eu sabia!".

Eu fiquei um pouco nervoso ao desligar o telefone. Liguei para minha secretária e convoquei uma reunião do conselho de administração para a manhã do dia seguinte. Às 10h30 estavam todos reunidos. Alguns dos familiares foram pegos, literalmente, no aeroporto, já prontos para gastar um pouco do dinheiro que iriam receber pelo lucro deste ano. Alguns já tinham solicitado adiantamentos. Eu nunca conseguia deixar de ficar impressionado com a capacidade de gastar dinheiro que eles tinham. Nos últimos anos vinha distribuindo o mínimo obrigatório, o que já era um bom dinheiro, entretanto, nunca era o bastante. Quando eles ouviram os rumores do lucro recorde do último ano a solicitação por adiantamentos foi imediata. Tentei contê-los no que pude, entretanto, tive que liberar uma bela quantia. Fico imaginando em quanto tempo eles conseguiriam deteriorar novamente as finanças do grupo.

★ ★ ★

Comecei a reunião após a chegada de todos, e João Batista estava ao meu lado. Era a mesma sala na qual tudo tinha começado há mais de cinco anos. Tive a impressão de viver um *deja vú*!!

– Caros – comecei. – Como vocês todos sabem, minha gestão no grupo foi algo completamente fora do normal e por isso não têm como durar para sempre. Olhando para a posição do grupo neste último balanço que apresentamos, tive certeza que meu dever para com o Grupo Ataíde de Andrada foi cumprido e que é chegada a hora de eu me retirar.

Era impressionante como a situação tinha mudado completamente. Ao pronunciar aquelas palavras pude ver o olhar de espanto da Ana Júlia, uma das minhas maiores opositoras no início do tudo.

– Ao longo desses quase seis anos muitas foram as conquistas, entretanto, entendo que é hora de fechar este ciclo – neste momento, Ataíde Filho interrompeu.

– Ricardo, você sabe que se depender de nós não há nenhuma razão para você se retirar do grupo agora. Não conseguimos identificar nenhum executivo que seja tão preparado quanto você e que conheça essas empresas tão bem.

Fui até bastante rude neste momento:

– Ataíde, eu peço que você e os demais me aguardem terminar a explicação para depois falarmos. Infelizmente as decisões que eu tomei não são negociáveis e remetem aos documentos deixados pelo Sr. Ataíde em relação a minha gestão no grupo.

Era impressionante como todos tendiam a esquecer como tudo isso começou. Eu iria lembrá-los agora:

– Como vocês bem sabem, o Sr. Ataíde confiou em mim a gestão do grupo. O que não estava claro para nós eram as regras que ele estabeleceu para a minha saída.

Olhei para Patrícia no final da sala e pude perceber o ar de nervosismo dela olhando para mim enquanto eu falava. Embora tenhamos discutido sobre esse momento várias vezes, a chegada da hora sempre aumentava o nível de tensão.

– Bem, como falei, além de citar a minha morte! – fiz uma pequena pausa e prestei bastante atenção nos semblantes de cada um naquela sala, estava degustando um pouco daquele momento. – Ou da minha desistência em tocar os negócios, o que levaria à venda da empresa e a doação para a instituição de caridade. É claro que o Sr. Ataíde também previu que eu poderia optar por fazer carreira no grupo, o que de fato aconteceu.

– Então senhores, o que aconteceria se eu fizesse carreira, recuperasse as empresas, fizesse o grupo crescer e chegasse no momento em que eu deveria me aposentar, ou simplesmente não quisesse mais trabalhar? – Todos estavam cada vez mais curiosos e a tensão aumentava na sala. Acho que Patrícia estava enxugando a testa naquele momento.

– Sr. Ricardo – falou num tom um pouco áspero o Ataíde Filho. – Por favor, vá direto ao assunto que essas perguntas só estão nos deixando mais nervosos.

– Calma Ataíde Filho, você já vai saber. Bem, o que o Sr. Ataíde estabeleceu que quando chegasse a hora, eu teria total liberdade em decidir o que fazer em relação ao destino da empresa. Analisando os últimos números cheguei a conclusão que é a hora de sair do grupo e as alternativas que ele me deixou são basicamente duas: vender a empresa ou devolver o controle para vocês.

A tensão foi para níveis estratosféricos, quando o tumulto iria começar eu continuei:

– Ele estabeleceu claramente que essa decisão será minha e que eu tenho total autonomia para escolher o que fazer.

Não conseguia distinguir as vozes. Todos falavam ao mesmo tempo e eu já não conseguia mais fazer ouvir minha voz no tom que estava falando. Aumentei e disse:

– Dessa forma – as vozes calaram-se por um instante –, como a decisão é minha e considerando algumas razões que vou explicar em parte hoje, e num outro momento mais oportuno decidi pela venda do grupo e também vou comandar diretamente todo o processo de alienação das operações! – falei usando um jargão de nossos consultores de operações de compra e venda de empresas.

Dessa vez foi impossível conter o tumulto e uma verdadeira algazarra generalizada se instaurou na sala.

– Calma, tenham calma, por favor.

– Antes de tomar essa decisão eu pensei bastante sobre o assunto e tenho certeza que esta será a melhor decisão para todos – um silêncio voltou a reinar na sala.

– Vocês precisam entender que hoje o grupo está bem visto no mercado e talvez tenha hoje o maior valor que será possível obter numa eventual venda. O mercado internacional do álcool está bastante favorável para nós neste momento, bem como a demanda do açúcar. Não sabemos até quando esta situação vai se manter. Estamos numa situação confortável e acho que o valor que será possível obter com a venda do negócio será suficiente para deixar todos vocês numa situação muito confortável.

Após falar isso a calma voltou devagar para a sala, até que Ana Júlia perguntou:

– Mas qual seria este valor? Precisamos realmente ter uma ideia para saber se realmente vale a pena.

– Dona Ana, considerando os últimos números será possível fazer uma boa negociação, o valor ainda não dá para saber ao certo, porém, imagino algo em torno de R$ 100 e R$ 200 milhões, entretanto, já estou contratando uma empresa para fazer esta avaliação do grupo.

Todos ficaram calados, talvez fazendo as contas das suas participações, quando tive certeza de que já tinham alguma noção do valor aproximado que cada um iria receber, dei as últimas informações:

– Vocês devem considerar que 10% do valor da venda será destinado a uma entidade filantrópica que seu pai escolheu, a mesma que receberia todo o valor da venda inicial, e os 90% restantes serão divididos entre os familiares e minoritários nas proporções atuais das cotas de cada um.

Ao contrário do que eu imaginei, essa informação não causou nenhum tumulto. Não entendi muito bem, entretanto, acho que todos estavam felizes de que o percentual fosse apenas 10%. O velho Ataíde era um homem muito generoso e podia ser que o percentual fosse maior.

Neste momento, Ataíde Filho comentou:

– Ricardo, entendo que esta decisão pode ser muito boa, entretanto, irá depender substancialmente do valor que for possível obter na hora da venda. A depender do valor que você esteja pensando em fechar negócio nós poderemos aceitar ou não.

– Entendo que você deverá submeter todo o processo de venda a nossa aprovação, certo?

– Não tenha dúvida, Ataíde Filho, vocês acompanharão todo o processo e não pretendo tomar nenhuma decisão sem avisá-los.

Dito isso pedi para encerrar a reunião e todos se retiraram ficando apenas eu e o João Batista na sala.

– Foi mais fácil do que eu pensei – comentei para ele.

– Também com o valor que você mencionou seria difícil não concordar, só espero que você esteja certo.

– Eu também meu amigo, eu também – falei vacilando um pouco.

# Capítulo 21

Considerando a experiência que nós adquirimos com operações de fusões e aquisições nos últimos anos, o processo de negociação do grupo começou em ritmo acelerado. As decisões preliminares já estavam tomadas e o objetivo agora era entrar em contato com os grupos que tanto nós, quanto os consultores, entendiam ter interesse na aquisição do "pacote completo". Havia uma dúvida se não seria melhor dividir o negócio por atividade e procurar negociar cada área separadamente com o objetivo de obter valores mais elevados. Eu ainda estava na dúvida do que seria melhor quando Ataíde Filho colocou que na opinião dele, o melhor era tentar fechar o pacote completo, dessa forma, conseguiríamos agregar mais valor ao comprador e obter um melhor preço. Estava satisfeito em vê-lo participando, proativamente do processo de venda (ele era o líder da família, afinal), o que demonstrava que realmente não teríamos batalhas judiciais até a concretização do processo de venda. Concordamos neste ponto e fomos em frente.

* * *

Durante uma feira realizada no exterior há mais ou menos um ano e meio, conheci o CEO de um grande grupo internacional chamado "Brilliant Sugar" com operações em vários países e com alguma filosofia de diversificação de negócios. Tive a oportunidade de sentar ao lado do Mr. Philip Brown, num almoço durante a feira e após um primeiro contato, ficamos cerca de duas horas no *stand* da empresa dele conversando sobre os negócios, e também sobre todo o trabalho que estava sendo feito na grupo Ataíde. Ficamos particularmente surpresos quanto à coincidência de estratégias e ações de nosso plano em linha com o deles (em muito menor escala obviamente), entretanto ele tinha investimentos em shoppings (Malls), tinham vendido negócios e atividades mais complexas para investir no setor de imóveis comerciais (foi daí que comecei a pensar na ideia de também investir em prédios comerciais). Naquele momento ele estava investindo num complexo de 5 torres numa cidade americana. Conversei com ele sobre os negócios do grupo dele no Brasil e ele mencionou que uma de suas grandes frustrações era ainda não ter uma presença efetiva no Brasil, basicamente, devido a problemas e prejuízos que o grupo teve em investimentos no setor elétrico há alguns anos, entretanto ele mencionou que está sempre atento a boas oportunidades e falou brincando ao final da nossa conversa: "Quem sabe se nós não nos associamos no Brasil algum dia!", como resposta falei: "Uma empresa do seu tamanho não se associa com uma empresa do nosso tamanho, ela compra a operação", e ele respondeu:

– Então quem sabe se em algum dia eu adquiro a empresa de vocês!? – E aí encerrei a conversa dizendo:

– Dependendo do momento, quem sabe! O momento era esse.

Depois das primeiras semanas organizando e estruturando o processo de venda com todos os cuidados necessários, conversei com um de meus consultores que iria fazer uma ligação para Mr. Brown. Ele deu a ideia de tentarmos fazer uma vídeo conferência de seu escritório com a participação dele. Gostei da ideia da vídeo conferência, porém, deixei claro que a primeira reunião eu faria sozinho. Antes da reunião precisávamos fechar o nosso modelo de avaliação e o valor alvo para o negócio, dessa forma, decidimos correr com as projeções, premissas etc. Marcamos uma reunião de um dia para fechar todas as premissas e mais três dias para fechar todo o modelo, após isso faria a ligação para o Mr. Brown e, enquanto isso, os contatos com outros grupos estavam sendo conduzidos, discretamente e de maneira preliminar para identificar os interessados.

Existiam várias vantagens em negociar com um grupo no exterior. Primeiro, o poder da moeda. Segundo, um grupo de fora tenderia a manter a operação com os funcionários, inclusive em nível de gerência, uma vez que esses funcionários teriam toda a experiência do mercado local e seria difícil colocar, pelo menos de imediato, uma equipe de fora para tocar uma operação no Brasil. Enfim, em nossa cabeça a possibilidade de fechar um excelente negócio era mais provável com uma empresa de fora e como eu tinha tido este excelente contato com um grupo tão forte, poderia ser uma boa oportunidade de apresentar nossa oferta para eles, não custava nada tentar.

* * *

Após mais uma semana fechando o modelo, finalmente chegamos ao valor que pretendíamos apresentar ao grupo americano. O modelo era complexo, tinha, obviamente, algumas premissas bem positivas de crescimento, entretanto tínhamos parâmetros recentes que destacavam que poderíamos manter tais percentuais de crescimento. É óbvio que seria difícil manter o mesmo ritmo dos últimos anos, devido a todas as mudanças e fatores que envolveram a empresa, entretanto, sabíamos que o mercado de açúcar internacional apresentava cada vez maior demanda e menor oferta, os preços estavam subindo e as perspectivas para as usinas eram muito boas. Tínhamos que usar este trunfo. Também havia a expectativa de crescimento econômico, mais gente indo aos shoppings e, portanto, mais receita. Montamos um modelo baseado num círculo virtuoso que se apresentava pela frente, colocamos mais uma margem de negociação e chegamos num valor "absurdo" de US$ 450 milhões de dólares. Era algo inimaginável até para mim, entretanto, tínhamos os argumentos. Cinco unidades fabris, imóveis comerciais com grande geração de caixa e valorização, bem como nossa participação em shoppings apresentava uma taxa de retorno acima da média de mercado.

Estávamos de posse de uma joia rara, um grupo com características únicas e com excelente posicionamento nas suas áreas de atuação. Tínhamos todas as premissas documentadas e, embora tivesse dificuldade em justificar todas, iria lutar com unhas e dentes para defender essa análise. Passei uma tarde inteira debruçado em cima do modelo, estudando-o e me convencendo de que tudo aquilo iria acontecer, com isso ficaria difícil em abrir mão do valor do negócio considerando que obteríamos tais ganhos nos anos futuros. Após essa "lavagem cerebral" estava pronto para a negociação e chegar no valor ideal que era algo em torno de US$ 300 milhões, o qual já nos daria um excelente ganho e um excelente retorno considerando um cenário otimista (porém, nem tanto quanto o primeiro), bem como a atual estrutura operacional.

# Capítulo 22

Estava a caminho do escritório do Raul Montenegro, que vinha me ajudando há anos nos processos de negociação de empresas enquanto repassava mentalmente cada um dos argumentos que tinha para sustentar os US$ 450 milhões. Tinha preparado uma apresentação detalhada, relatórios, pareceres e uma série de evidências que me apontavam esse valor como um excelente preço para o comprador (estava ficando mais fácil me convencer daquilo tudo – de fato eu já estava acreditando que os US$ 450 milhões eram uma pechincha).

O próprio Raul me recebeu e questionou novamente se eu tinha certeza que gostaria de ir sozinho.

– Ricardo, eu já fiz isso umas mil vezes, você não chegaria nem a meia dúzia, tem certeza que não quer que eu participe desta apresentação? – ele falou numa última tentativa de me convencer a levá-lo para a apresentação.

– Vamos fazer o seguinte – falei –, você fica por perto e se eu precisar de socorro eu grito, o.k.? – ele sorriu e concordou com movimento da cabeça. Entrei para a reunião, minhas mãos estavam suadas.

* * *

Raul tinha caprichado nos recursos. Embora o sistema de vídeo conferência fosse, originalmente uma TV de 29 polegadas, ele mandou instalar um projetor para um grande telão no meio da sala de reunião. Acoplado estava um computador pelo qual eu poderia rodar a minha apresentação, a qual seria projetada num telão na sala onde o Mr. Brown iria participar da conferência. No meu contato com o Mr. Brown tinha pedido que os primeiros minutos da reunião fossem apenas entre nós dois. Isso era comum numa negociação deste tipo e ele comentou que não havia problema, até pelo fato dele ainda não saber exatamente do que se tratava o assunto.

Sentei-me na reunião e enquanto um assistente instalava no computador minha apresentação e colocava-a para rodar, repassei alguns pontos que considerava importantes com Raul. Nesse momento "Mr. Brown" apareceu e em inglês começamos nossa reunião:

– Como vai "Jousé", há quanto tempo? Ele era um sujeito incrivelmente informal e descontraído, apesar de ocupar a posição que ocupava. Como todos os estrangeiros, preferia me chamar de José (ou "Jousé", dependendo da pronúncia) em vez de Ricardo, que parecia complicado demais.

Enquanto a porta da sala de reunião era fechada e ficávamos a sós, respondi:

– Muito bem, Mr. Brown, e o senhor? – Por favor, José, sem essa de senhor, afinal de contas eu são sou tão mais velho que você assim!

– O.k., Brown, como vão os negócios?

Ele fez um resumo dos desafios que ele estava enfrentando. Para ele era normal falar de dificuldades em plantas na China, greves na Colômbia etc., etc. Eu fiquei fascinado com o dinamismo e quantidade de desafios que se apresentavam para ele, numa empresa global, de repente os negócios que vinha tocando pareceram incrivelmente simples.

Como é que eu vivia tão estressado. Após uma aula sobre negócios ele devolveu a pergunta. Minha vez de falar sobre os negócios. Comecei caprichando nas informações sobre o crescimento, aquisições de novas usinas, a ideia que tive lá atrás com ele que me levou a fazer um excelente negócio no ramo imobiliário. Falei de forma sucinta, num primeiro momento.

– Parabéns, José. Parece que você está fazendo realmente um excelente trabalho aí. Mas me diga, onde posso lhe ajudar?

– Lembra daquela conversa quando falamos, de brincadeira, numa eventual sociedade?

– Claro que sim.

– Você lembra o que eu lhe disse em relação à possibilidade de sermos sócios?

– Sim! – falou deixando espaço para que eu falasse. Estava claramente aguardando para ver até onde eu iria chegar.

– Pois é Mr. Brown, gostaria de saber se o seu grupo tem interesse em adquirir as empresas que eu administro – fiz uma pausa. – Há interesse?

– Sr. José, sempre temos interesse em fazer um bom negócio, o que o senhor tem para me mostrar?

Nesse momento iniciei a "encenação" que tanto treinei. Pedi licença para executar a apresentação e comecei passando os *slides* que gostaria de apresentar a ele. Estava muito confiante *também, depois de tanto treinamento*, pensei tentando descontrair. Mostrei os parâmetros definidos, os números históricos, as projeções etc. Deixei claro quais as circunstâncias que me levaram a decidir pela venda uma vez que, se não fosse a questão familiar e a sucessão, jamais eu seria a favor de vender uma "joia rara" como aquele grupo.

Fiz um breve resumo de nossa estrutura executiva e do temor que teria de colocar tudo a perder. Expliquei também que, caso ele tivesse interesse após minha apresentação, colocaria para ele o valor que estabelecemos, um valor "baixo", uma vez que temos a intenção de que o processo de venda seja o mais rápido possível.

– Sr. José, estou muito interessado em ouvir sua proposta, pode seguir em frente.

Era um bom sinal. Ele gostaria de ouvir minha proposta. Será que ele estava realmente interessado? Ou será que ele apenas gostaria de me deixar falar, por educação, e depois explicar que o grupo dele não está fazendo compras? Ele não precisava disso. Se ele não tivesse interesse tenho certeza que falaria. Pela postura dele, estaria disposto a comprar. Será mesmo? Estava ficando excitado com a perspectiva de poder fechar negócio com eles.

– Bem, Mr. Brown, essa próxima lâmina mostra nossa oferta por "todo o pacote".

Em seguida apresentei o valor de US$ 450 milhões. Fiquei tentando adivinhar o pensamento dele enquanto ele lia o *slide* e checava o número. A próxima frase dele foi surpreendente e eu não estava preparado para ela.

– Somos uma companhia listada, vocês aceitariam que parte do valor da venda fosse em ações da nossa empresa?

Aquela frase foi clara para mim. O que para mim era algo inimaginável, uma negociação extraordinária, algo de outro mundo. Que vinha me deixando noites e noites em claro só de pensar nas cifras, para aquele homem era algo comum. Algo que ele já deveria ter feito uma centena de vezes. Aquela pergunta era básica, porém eu não estava preparado para responder. Como seria essa negociação? Que liquidez eu teria com essas ações? Que impacto isso poderia causar no preço do negócio? Enquanto eu pensava sobre aquilo tudo, e procurava um "botão vermelho" que pudesse fazer o Raul Montenegro se materializar ao meu lado, ele completou:

– Acho que o valor está um pouco elevado, teremos que negociar um melhor termo. Você pode voltar na lâmina?

Percebi que ele tinha uma calculadora financeira HP, daquelas bem tradicionais à mão e iria começar a fazer algumas simulações de preço. Comecei a ter náuseas, não consegui entender o inglês dele, nem ao menos entendi qual a lâmina ele gostaria de ver. Estava zonzo e comecei a sentir que poderia desmaiar de repente. Acho que tive uma descarga de adrenalina muito forte. O fato é que eu tinha estudado bastante aquela apresentação e os argumentos, entretanto, estava pronto para receber um não como resposta. No meu inconsciente eu não esperava ter de negociar naqueles termos naquele momento. O fato é que estava tendo uma crise de estresse. Pedi uma rápida licença e sai da sala.

Enquanto me apoiava na parede o Raul apareceu assustado. "O que houve, Ricardo?".

– Ele quer negociar o preço, por favor, discuta com ele enquanto eu me recupero, preciso ir ao banheiro e tomar um pouco de água.

Estava lavando o rosto e tomando um copo d'água e um comprimido providenciado pela secretária do Raul enquanto pensava que o negócio poderia ser fechado a qualquer momento, em condições impressionantes. Eu respirava fundo enquanto tentava me recuperar. Fiquei pensando no que o Raul estaria conversando agora. O que o Mr. Brown pensaria de mim se soubesse que eu passei mal apenas com possibilidade de fecharmos negócio. Isso poderia deixá-lo um pouco desconfortável, além de parecer patético.

Respirei fundo, tomei mais um pouco de água e voltei para a sala de reunião. Tentei parecer o mais descontraído possível.

– Desculpe, Sr. Brown, mas é que existem momentos que a natureza fala mais alto. Acho que comi algo que não me fez muito bem, porém já estou melhor. Em que ponto paramos?

Raul já tinha discutido sobre a questão das ações. Na verdade, não havia problemas com isso. Poderíamos perder algum dinheiro com uma eventual desvalorização, entretanto, não ficaríamos muito tempo em poder delas, na verdade, a ideia era receber apenas uma parte em ações, as quais seriam vendidas imediatamente. O próprio Raul comentou:

– Não há problema, podemos aceitar uma parte, talvez algo em torno de 10% em ações.

– O.k.!! Senhores, vocês já tem alguma contraproposta de algum outro grupo?

– Não – respondi com firmeza. – Na verdade já fizemos alguns contatos com algumas empresas que achamos que podem ter interesse, entretanto, vocês são os primeiros com os quais estamos discutindo valores.

– Pois então podem suspender seus contatos. Tenho real interesse em adquirir a operação de vocês pelo preço que vocês estão pretendendo, ajustado por algumas observações e pelo resultado de nossas diligências. Não aceito participar de compras que eventualmente se tornam um leilão, dessa forma, minha única exigência é que vocês me deem exclusividade para analisar a empresa de vocês e fazer uma contraproposta. Caso vocês não concordem com minha oferta estão livres para tentar outros grupos, enquanto isso tenho exclusividade. Vocês concordam com essa condição?

– A prioridade é sua Mr. Brown. Todo e qualquer contato está suspenso até que cheguemos, ou não, num acordo. Você tem a minha palavra e a do Raul – respondi de bate pronto. Já sabia que algumas grandes empresas tinham suas exigências em processos como este. E eu não seria tolo em discutir este ponto com eles.

Imediatamente após a reunião tanto eu quanto o Raul orientamos nossos executivos a suspenderem toda e qualquer ação relacionada à negociação do grupo. Por sorte, ninguém tinha nada suficientemente adiantado para causar qualquer tipo de constrangimento. O pessoal da "Brilliant Sugar" deveria desembarcar em poucos dias para fazer suas análises e apresentar uma contraproposta. Estava surpreso com a velocidade que as coisas estavam se desenvolvendo e torcendo para que meu pressentimento estivesse certo.

⋆ ⋆ ⋆

Antes da chegada dos "gringos", pedi para nosso pessoal efetuar uma pesquisa sobre a atual situação de nosso provável comprador. Como estava tudo muito perfeito eu tinha de "achar" algo para me preocupar. Não havia. O grupo estava mais saudável do que nunca e segundo revistas especializadas estavam numa fase de expansão e em busca de boas oportunidades de negócio. Fazia sentido então todo esse dinamismo. A equipe que chegou para nos analisar impressionou pelo tamanho, cerca de 10 pessoas. Eu tinha preparado uma apresentação do grupo para eles e também repassei a apresentação que fiz ao Mr. Brown. Havia quatro pessoas de fora e os demais eram consultores e auditores brasileiros contratados para fazer a diligência. Após nossa breve reunião, a brincadeira começou. A tropa passou cerca de um mês inteiro debruçada sobre nossos livros, operações, informações fiscais etc. Uma parte cuidou de revisar nosso modelo de avaliação do negócio, os históricos, as premissas que adotamos, e nesse momento eu me envolvi diretamente, junto com o Raul, para defender nossa avaliação, a qual, deixamos claro ser bastante "conservadora", considerando que tínhamos pressa em fechar o negócio. Tenho certeza que nossos amigos não concordaram com 100% dos nossos argumentos.

Depois das primeiras semanas descobrimos, junto com a equipe, alguns esqueletos desconhecidos. Isso me preocupou um pouco, uma vez que poderia derrubar, ou inviabilizar o negócio. Felizmente não eram assuntos muito graves. Como já tínhamos feito um grande "dever de casa" ao longo de todos esses anos, a maior parte dos problemas (e os maiores), já eram de nosso conhecimento. O trabalho decorreu com relativa tranquilidade e nos últimos dias estivemos reunidos em diversas ocasiões discutindo os problemas identificados, as discordâncias em relação a nosso modelo e diversos detalhes do trabalho. Tinha a expectativa de saber da contraproposta antes do fechamento dos trabalhos, entretanto, parte da avaliação seria concluída no "quartel general" do grupo e eles deveriam nos contatar para falar sobre o fechamento do negócio. Minha ansiedade era tremenda, entretanto, eu tinha de dar um tempo para que eles pudessem concluir o trabalho com calma. Duas semanas depois de concluídos os trabalhos eu estava bastante nervoso. Desde aquele dia não tinha recebido nenhuma resposta ou qualquer contato do sr. Brown ou de quem quer que fosse da equipe dele.

Estávamos perdendo tempo, tempo este precioso, pois, como firmamos um compromisso com a Brilliant Sugar, estávamos impedidos de fazer contato com outras empresas que pudessem ter interesse. Nessa altura do campeonato, o mercado já tinha circulado a notícia que estávamos à venda e algumas empresa já tinham nos procurado para conversar sobre o assunto e tivemos que explicar que, por enquanto, não poderíamos falar. Podia estar deixando passar boas oportunidades e eu precisava deixar claro para o sr. Brown que a demora poderia nos prejudicar. Já vinha tentando falar com ele há alguns dias, quando meu telefone tocou e minha secretária anunciou:

– Dr. Ricardo, o sr. Brown, CEO da Briliant Sugar ao telefone. O senhor pode atendê-lo? – Se eu posso atendê-lo? Estou esperando ansiosamente esta ligação e ela ainda me pergunta se posso atendê-lo, é claro que sim. Por um instante percebi que estava "faminto" e que se meu interlocutor percebesse isso ele poderia tomar proveito deste fato.

Talvez a estratégia de pedir exclusividade na negociação já fizesse parte do roteiro de negociação deles. Eu iria jogar com essa questão. – Por favor, passe-me a ligação.

Do outro lado da linha o bem-humorado sr. Brown me cumprimentou de forma entusiasmada. Dessa vez minha reação foi diferente, até um pouco rude. Esperava que minha estratégia não estragasse tudo. – Olá Philip, por aqui está tudo bem. Aliás, mais ou menos. Como você sabe o mercado já vem especulando sobre nossa negociação, dessa forma, tenho recebido várias ligações de grupos interessados em nossa empresa. Posso estar deixando passar várias oportunidades para manter minha palavra com vocês.

Depois disso complementei:

– Tenho tentado falar com você e com o Jimmy nos últimos dias – Jimmy era um Senior Executive que participou diretamente dos trabalhos de diligência – e não tenho tido resposta. Tenho receio que possa estar perdendo um tempo precioso aqui, considerando que não recebi nenhum retorno do resultado dos trabalhos de vocês.

Dessa vez o Brown foi menos amigável:

– Tenha calma, José. Você sabe que não é uma decisão que tomemos do dia para a noite e duas semanas é um prazo razoável. Se você tiver um pouco de calma e me escutar talvez possa lhe falar sobre o resultado do trabalho. Aliás, esse é o motivo de minha ligação.

– Vá em frente, Philip. Sou todo ouvidos – também não pretendia demonstrar fragilidade. Eles não tinham retornado minhas ligações e eu tinha razão para estar chateado.

– O.k., José. Escute. O resultado do trabalho foi muito bom. Confesso que foi melhor do que eu esperava. Você realmente tem esse negócio sobre controle. Parabéns! Tenho uma boa e uma má notícia para você. Qual você quer ouvir primeiro?

Imaginando o que ele falaria eu comentei:

– Se você me der a má notícia eu acho que saberei qual é a boa, portanto, vamos à má.

– Você é bastante esperto José. Gosto disso. Como você já deduziu, temos interesse em ficar com o negócio, entretanto, nosso preço é substancialmente diferente do que o que vocês estão pedindo.

– O.k.! – O que você acha de discutirmos esse assunto pessoalmente Philip?

– Concordo plenamente. Infelizmente estou impossibilitado de deixar Nova York nesses dias. Você poderia vir até aqui?

– Claro. Você paga os custos da viagem? – falei já sorrindo e procurando descontrair o ambiente. Ele também respondeu com ironia.

– Inclua no preço do negócio. Peça para sua secretária agendar com a minha. Nos vemos em breve.

– Nos vemos em breve, Philip. Abraço.

– Abraço.

– Inclua no preço do negócio. – Anotei aquela frase num pedaço de papel à minha frente e pensei um pouco sobre tudo o que falamos. Eles tinham interesse no grupo e gostariam de fazer uma contraproposta. A que número eles chegariam? Quais os pontos que eles poderiam focar na diminuição do preço? Tinha praticamente certeza que eles iriam debater em cima dos parâmetros do modelo. Se eles chegassem com um valor de US$ 200 milhões já seria um grande negócio, entretanto, se eles quisessem colocar algo em torno de US$ 100 milhões, ou menos. Precisava me preparar bem para esse evento.

Sabia que tinha muita gordura no nosso preço, entretanto, tinha de alinhar com Raul todos nossos parâmetros de crescimento da economia, contínuo crescimento dos negócios etc., para justificar o melhor preço.

Liguei para Raul e comentei com ele da viagem e da ligação. Iríamos nos preparar ao máximo para este encontro.

# Capítulo 23

Pegamos um voo de primeira classe para Nova York. Eu, Raul e mais dois gerentes (um de minha equipe e um da dele). Tínhamos nossos computadores recheados de arquivos e de planilhas para suportar nossas análises, além de algumas malas de documentos para comprovar algumas delas.

Durante as várias horas de voo e de viagem nós repassamos vários pontos e nos momentos em que eu tentava dormir, também repassava algumas questões na minha cabeça. Num determinado momento eu simplesmente comecei a pensar: *vai dar tudo certo, vai dar tudo certo!* como um mantra para atrair energias positivas.

* * *

Depois de uma boa noite de sono para recarregar as baterias gastas na viagem, nos dirigimos, num tradicional táxi amarelo nova-iorquino, até o escritório da Briliant Sugar. O prédio era bastante imponente, como não podia deixar de ser. Na recepção fomos conduzidos até uma sala de reuniões enorme (dava para umas 20 pessoas). Naquele momento tive receio de que a reunião fosse do tipo quatro contra dez. Fiquei alguns minutos completamente calado, aguardando a chegada de nossos "anfitriões". Meus três "mosqueteiros", também ficaram em completo silêncio. Alguns minutos em transe e de repente entraram Philip e Jimmy na sala. Nos cumprimentamos com entusiasmo. Conversamos sobre amenidades durante alguns minutos. Falamos sobre o mercado, negócios, economia de nossos países etc. Sem querer, reforçamos algumas de nossas crenças no país e nos negócios do Brasil que suportavam parte do preço que estávamos pedindo. Depois de um breve silêncio eu tomei coragem e comentei:

– Bem, Philip, por onde você quer começar?

– Bem, José. Nós temos "toneladas" de informações relativas a sua empresa e uma série de razões que suportam o preço que estamos dispostos a pagar pelo negócio. – fez uma pequena pausa para o "suspense" e continuou.

– Tenho certeza de que do lado de vocês também existem toneladas de informações e de análises que suportam o preço que estão pedindo.

– Dezenas de toneladas – comentei interrompendo-o rapidamente.

– Pois bem. Sugiro que antes de começarmos a discutir essas toneladas de informações e dados que nós apresentemos a nossa contraproposta e que vocês possam avaliar se podemos fechar um preço.

– Concordo. Só espero que você não tenha nos feito viajar esse caminho todo para ouvir uma proposta indecorosa! – falei rindo, procurando demonstrar tranquilidade. Na verdade eu estava uma pilha.

– Você se importa de falarmos a sós? – ele comentou. Por essa eu não esperava. Meu pessoal tinha viajado muito para participar dessa negociação e agora ele gostaria de ficar a sós. Isso não me parecia razoável. Ele complementou.

– Gostaria de trocar uma rápida ideia com você antes de entrarmos nos detalhes.

Olhei para meus companheiros e Raul fez um leve sinal positivo com a cabeça, indicando que eu deveria aceitar o convite.

– O.k. Senhores vocês podem nos dar licença.

– Jimmy lhes acompanhará para tomar uma água ou um café.

* * *

– Philip, estou preocupado com todo esse suspense. Vamos logo com isso.

– José, gostaria de te comentar algumas coisas antes de falarmos de preço. É importante você entender o que está acontecendo no nosso grupo neste momento. Isso deve lhe deixar mais relaxado. Dito isso, Phillip me falou que dentro da estratégia do grupo estava previsto a expansão em mercados considerados "emergentes". Ásia, América Latina, Índia e todos os mercados com grande potencial de crescimento deveriam estar na mira do grupo. Ele explicou que seria difícil manter níveis de crescimentos compatíveis com os desejados pelo conselho de administração do grupo sem passar pela implantação ou aquisição de negócios nesses mercados. Neste contexto, o contato que fiz com ele se encaixou perfeitamente nesta estratégia. Ele me confessou que caso eu não tivesse ligado naquele dia, provavelmente ele teria me ligado no mesmo dia ou alguns dias depois. Dito isso ele comentou que a aquisição do negócio era muito importante para o grupo e que eles tinham grande interesse em ficar com "todo o pacote". Seria o primeiro passo para se posicionar no mercado, iniciando com uma pequena operação e a partir deste conhecimento inicial, partir para novas aquisições ou criação de novos negócios.

Depois de me passar a parte boa da visão ele comentou a parte ruim:

– José, justamente devido a essa estratégia, temos tido uma grande dificuldade para administrar nosso fluxo de caixa. Na verdade já começamos a negociar com nossos bancos algumas linhas de crédito para poder equilibrar nossas finanças. Neste exato momento estamos com um *déficit* previsto para o próximo trimestre de US$ 1500 bilhões, os quais teremos que cobrir com a captação de recursos. Estamos estudando ainda uma melhor forma de cobrir esta necessidade de caixa.

Agora eu estava realmente preocupado onde ele estaria querendo chegar. Acho que esta "choradeira" era para buscar baixar ainda mais o valor da negociação. O que ele tinha me dito até agora era que eles queriam o grupo, porém não tinham dinheiro para comprá-lo.

– Sei que você deve estar pensando que esse problema de caixa não é seu. Você tem toda a razão. Antes de seguirmos na discussão, gostaria de deixar claro que tudo isso que estamos conversando é bastante crítico e estratégico para nosso grupo, dessa forma, peço a você total sigilo, independente de qualquer coisa.

– Assim você me ofende Philip, é claro que eu sei que tudo isso é extremamente confidencial, você não precisaria nem comentar.

– Desculpe, ando um pouco nervoso demais – e continuou.

– José, espero que você não ache que vou procurar "derrubar" o preço de sua empresa devido a nossa gestão de caixa, na verdade, apenas gostaria que você entendesse que o preço justo que identificamos considera a realidade de seu grupo e do meu, e entendo ser um excelente negócio para nós dois. Tenho análises fortes que me indicam que o valor de vocês está superdimensionado e, caso vocês entendam que é importante, podemos passar esses pontos.

– Philip, entendo o momento pelo qual você está passando, entretanto, espero que você lembre do momento positivo do nosso grupo. Lembre-se disso na hora de fazer a sua oferta e talvez não seja necessário irmos aos detalhes.

– O.k.! – falou enquanto pegava um pedaço de papel e anotava alguma coisa. Depois dobrou o papel ao meio e me passou.

Peguei o papel, olhei o seu conteúdo e vi o montante que estava anotado nele. Peguei minha caneta, fiz um "X" no número que ele me deu, anotei o meu número, dobrei novamente o papel e passei de volta para ele. Ele abriu, riscou alguma coisa e me passou de volta. Eu estava disposto a acabar com a brincadeira quando abri o papel de volta e vi o que ele tinha escrito. Na verdade ele riscou o meu número e colocou um terceiro.

Cumpri mais uma vez o ritual dele, dessa vez apenas alterando um número da cifra que ele me passou. Ele riscou novamente, fechou um papel dessa vez em duas dobras e me passou.

Ao abrir o papel e meu coração disparou. Havia um círculo em volta ao meu último número, uma assinatura ao lado do valor e a palavra "Fechado!".

O primeiro número do Mr. Brown foi US$ 250 milhões. *Excelente!*, pensei, entretanto, não poderia aceitar assim, todos os meus argumentos seriam questionados imediatamente. Risquei os US$ 250 milhões e anotei US$ 400 milhões. Na "volta", observei que ele tinha aumentado a oferta para US$ 300 milhões, assim, no meu último movimento, substituí o zero do meio pelo número cinco. Fechamos neste último número. Uma lágrima escorreu no meu rosto, na verdade, pelo incrível esforço que eu estava fazendo para não dar uma gargalhada.

★ ★ ★

Depois que todos voltaram para a sala o negócio já estava fechado. Expliquei para Raul que o negócio estava concluído e que precisaríamos dos termos de compromisso para preenchermos os aspectos macro do "acordo" e, com base neste compromisso escrito, dar seguimento para toda parte burocrática. Raul nos passou os modelos do documento para preenchermos os espaços em branco e assinarmos.

Na hora de preencher o valor falei para o Mr. Brown:

– Brown, na verdade não considerei um aspecto muito relevante na hora de fecharmos o valor e, infelizmente, o valor que fechamos está errado e teremos que revê-lo.

– Espera um minuto José. Eu achei que nós tínhamos chegado num valor. O que é isso? Você está voltando atrás na sua palavra? Eu tenho um papel que registrou toda nossa negociação. Não estou entendendo.

– Calma, Brown – falei. Fiz uma pausa e complementei sorrindo.

– Lembra quando discutimos em relação aos custos da nossa viagem?

– Sim, e daí? – ele respondeu.

– Pois é, você falou para que eu incluísse os custos da viagem no preço do negócio e eu esqueci deste fato na hora que fechamos o valor.

–Você até me assustou com esta brincadeira José, coloca aí os custos da viagem e vamos embora.

– Acho que US$ 50 mil deve pagar todas as contas – comentei e emendei:

– Todos estão convidados para jantarmos juntos!!

* * *

Meus compradores não puderam jantar conosco naquela noite. Já tinham outros compromissos. Não faz mal, melhor assim, ficaria mais à vontade só com os brasileiros.

Com certeza não iria economizar neste jantar. Fomos para um excelente restaurante, comemos bastante (e bebemos mais ainda). Eu estava incrivelmente entusiasmado com aquele negócio. Lá pelas tantas, quando eu já estava mais para lá do que para cá, alguém que também estava bastante alcoolizado me perguntou:

– José, não consigo entender o motivo de tanta alegria. Você não vai receber nenhum tostão deste negócio todo, na verdade aquela turminha é que vai ficar podre de rica e provavelmente vão esquecer de você no dia seguinte em que eles colocarem essa bolada no bolso. Realmente não entendo o motivo de tanta alegria, você vai sair desta confusão sem receber nada.

Comentei:

– É a vida, é vida... – ninguém entendeu nada.

# Capítulo 24

Assim que cheguei ao Brasil convoquei uma reunião do conselho do Grupo. Todos estavam em polvorosa. Depois que anunciei o valor, a gritaria foi generalizada. Ana Júlia saiu completamente do sério e partiu para cima de mim e me deu um abraço, beijos etc. Algo totalmente inesperado. Ataíde Filho me deu um abraço tão forte que eu tive que forçar para me soltar. Quando vi a fila da pequena "tropa" para me cumprimentar inventei uma desculpa: "Tenho de me reunir com um pequeno exército de advogados" e saí em retirada. A partir da formalização da aprovação do conselho demos sequência a todo o processo burocrático da venda. Revisamos as 1.000 versões diferentes dos contratos, voltamos a sede do grupo em Nova York algumas vezes e depois de 4 meses de muito trabalho o pagamento seria efetuado. Contratamos um banco para intermediar toda a operação, considerando que parte do valor a ser recebido era em ações e o restante em dinheiro. Todas as empresas do grupo seriam vendidas, exceto a Holding, que era a dona das ações de todas as empresas operacionais. O processo era relativamente simples. A Holding passaria todas as ações para uma empresa criada pela Brilliant Sugar no Brasil apenas para receber esses investimentos. Seria uma nova Holding. O banco montou um estrutura que, a partir da assinatura do contrato e da transferência da propriedade de 100% das ações, a Holding receberia uma transferência eletrônica de fundos oriundo das vendas das ações da Brilliant Sugar colocadas na operação (iríamos realizar todo o valor em ações no mesmo dia da operação) e mais o valor pago em dinheiro, dessa forma, receberíamos 100% do valor da operação no mesmo dia.

A Holding pagaria os impostos devidos nesta operação e ficaria com o incrível caixa oriundo do negócio. O banco já tinha montado uma estrutura para aplicação destes recursos e seria criada uma estrutura *private* para cuidar desta fortuna, espalhada em contas por vários países, seguindo critérios de gestão de riscos e percentuais de diversificação já definidos. Essas contas eram em nome das pessoas físicas e deveriam receber as transferências da Holding para os acionistas, no último passo da operação.

Neste último passo, o banco faria a transferência da titularidade destas aplicações da Holding para cada um dos beneficiários, de acordo com o critério definido pelo Sr. Ataíde, ou seja, 10% para instituição de caridade e o restante dividido para cada um dos filhos na proporção "tradicional". Isso somente seria possível depois de assinatura dos documentos de transferência pelos acionistas e por mim. Um cálculo grosseiro destacava que tirando o valor da entidade de caridade, cada um dos três filhos naturais receberia algo em torno de U$ 60 milhões, Patrícia e a mãe algo em torno de US$ 40 milhões e cerca de US$ 6 milhões para minoritários. Era uma fábula. Os Ataíde estavam praticamente incomunicáveis desde que eles souberam do valor do negócio. Tornaram-se, de uma hora para outra, celebridades e "sequestráveis". Que ironia do destino.

* * *

O dia da assinatura do contrato e da operacionalização de toda a transferência de dinheiro finalmente tinha chegado. Voltamos a vivenciar uma situação muito parecida com o que aconteceu há anos quando vendemos as empresas de Varejo. Numa ampla sala de reunião do banco assinamos as primeiras vias do contrato e ficamos aguardando o registro dos valores nas contas da Holding organizadas pelo banco para assinarmos as demais vias. Tudo aconteceu como planejado e em pouco tempo estava tudo fechado e fomos liberados.

Depois de um "passo de mágica", as diversas contas da Holding, agora espalhadas por agências em alguns países, registraram o montante de US$ 333 bilhões, líquido de taxas das operações de venda de ações, custos bancários etc. Ainda seriam abatidos cerca de US$ 80 milhões para pagamentos de impostos, serviços, comissões, de forma que, ficaram efetivamente aplicados nas contas que seriam transferidas para cada um dos acionistas e para a instituição de caridade o montante de US$ 250 milhões. Estava lá, à disposição deles. Eles já podiam sentir o gostinho.

Antes que eles pudessem sumir do mapa de uma vez, comentei com todos enquanto ainda estavam sentados:

– Meus caros, preciso de todos vocês (Patrícia, também estava presente) no escritório para assinarmos os papéis das transferências dos recursos da Holding para cada um, o banco vai precisar disto ainda hoje, além da transferência para a instituição de caridade.

– Que é isso, Ricardo? Você não vai querer que nós trabalhemos agora né? – falou o Ataíde Filho – Porque não fazemos tudo aqui? – ele completou.

– Algumas coisas precisam ser ditas em particular. Vamos, eu prometo a vocês que será rápido.

– E você, Ricardo, fica conosco até quando? – Finalmente alguém se lembrou de mim.

– Vocês logo vão saber dos meus planos.

Dito isso seguimos todos para o escritório central para a assinatura dos papéis.

* * *

Chegamos no escritório central e seguimos para a velha sala de reunião, aquela mesma onde tudo começou. Aguardei a chegada de todos e repetindo um ritual que ocorrera há anos, preparei o aparelho de TV e de vídeo para apresentação de um videotape.

Acho que este seria o primeiro ponto de interrogação entre eles: por que o vídeo e a TV se a reunião era apenas para assinar alguns papéis e transferir os fundos da venda para a conta pessoal de cada um? Enquanto entravam, talvez pela excitação do momento, ninguém questionou este ponto.

Um por um foram se acomodando, Ataíde Filho, Lúcia de Andrada (com o marido Paulo Roberto – há anos estavam fora das atividades executivas do grupo), Ana Júlia de Andrada e o Antônio Rodrigues (também os dois fora das atividades executivas há bastante tempo), por fim, a Patrícia se acomodou. Ela representava também sua mãe, Antonieta.

Enquanto eles se acomodavam, João Batista também chegou. Eu tinha pedido para ele estar presente neste momento. Aquela altura do campeonato ele tinha sido escolhido como meu homem de confiança e meu advogado pessoal para tocar minhas decisões quando eu estivesse fora. Na verdade, ele era uma das únicas pessoas que eu podia confiar e seria também testemunha das decisões que seriam tomadas naquele recinto naquela reunião. Seria uma reunião agitada e o próprio João Batista tinha me ajudado a planejar as ações que seriam tomadas naquele momento.

Há alguns dias, para ser mais preciso, três semanas, quando tudo estava praticamente definido, eu chamei o João Batista e expliquei tudo o que ocorrera e as decisões que eu tinha tomado e que agora iria apresentar para o grupo, bem como os motivos. Ele discordou de tudo, entretanto expliquei para ele que essa era a minha decisão e de "minha companheira". Após discutirmos todos os detalhes ele me explicou que tinha entendido onde eu queria chegar, que havia, sim questões ilegais em tudo aquilo além de, no entendimento dele, muito de imoral.

Eu expliquei para ele que tinha sofrido bastante devido a este assunto, entretanto, eu já tinha tomado a decisão. Imoral ou não eu iria em frente na minha decisão, bastaria que todos os herdeiros concordassem com as minhas alternativas. Mesmo discordando da minha postura ele disse que participaria da reunião.

* * *

João Batista chegou com toda a documentação das transferências em dois envelopes, uma para cada alternativa possível. As últimas semanas tinham sido de muito trabalho, organizando toda a papelada e ações necessárias. João e Patrícia tinham sido fundamentais fazendo todo o tipo de trabalho e preparando as documentações e registros necessários, enquanto eu me dedicava a fechar o negócio. Cada um tinha feito a sua parte e esta era a hora de fechar toda a aquela complexa história. Todos já estavam sentados e olhando para mim, enquanto o João Batista entrava na sala. Instantaneamente ao ver João Batista, Ataíde Filho comentou:

– Não já está tudo organizado? Não é só assinar os documentos de transferências que eu revisei na semana passada? Por que o João está aqui? E qual o motivo desta reunião? Eu não tenho nenhuma dúvida, nem minhas irmãs têm, portanto, vamos encerrar logo isso.

Neste momento foi minha vez de comentar:

– Ataíde, o João está aqui para ajudar. Logo você vai entender melhor o papel dele nesta reunião.

– Que papel, Ricardo? Vamos logo concluir isto tudo.

Naquele momento minhas mãos começaram a suar bastante. Senti um frio no estômago. Sensação típica de quem vai iniciar um jogo importante, fazer uma apresentação a um grande público, conhecer uma pessoa especial, fechar um importante negócio, enfim, aqueles momentos importantes que nos causam ansiedade e apreensão. Muitas coisas passavam na minha cabeça: O que eu estava fazendo era certo? Esta era a melhor alternativa? Eu teria tranquilidade para seguir minha vida em paz? Eu sabia que não era o momento de fazer aquelas perguntas, esse momento já tinha passado. Eu respirei fundo e falei para o Ataíde Filho com toda a segurança que eu poderia apresentar naquele momento:

– O João está aqui no papel de meu advogado pessoal – falei e esperei um pouco. Imaginava o que passava na cabeça deles naquele momento. O Ataíde começou a demonstrar nervosismo quando disse:

– Seu advogado pessoal? Ricardo, o que é que está acontecendo aqui? Acabamos de fechar um grande negócio, nosso dinheiro está na nossa conta e você nos apresenta o João como seu advogado pessoal no momento em que devemos estar comemorando esse grande negócio. O que é que você está pensando em fazer, Ricardo?

Não pude conter o meu nervosismo naquele momento e comentei gaguejando um pouco:

– Caros, logo vocês vão entender o que eu estou pensando em fazer. Na verdade, temos apenas que definir as condições das transferências a serem feitas e assinar os papéis. É simples, logo estaremos terminando tudo. Entretanto, eu gostaria de fazer uma proposta para todos vocês e é por isso que o João está aqui. Para me ajudar a fazer essa proposta.

Naquela altura ninguém mais entendia o que eu estava falando. Eu também estava confuso, porém, estava tentando ganhar um pouco de tempo até criar coragem para começar com toda a "negociação". Realmente estava nervoso, não tínhamos mais tempo a perder. Patrícia me olhava do fundo da sala, também com uma cara de interrogação. Eu já deveria ter começado.

– Ricardo, por favor, nos passe os papéis para assinarmos nossas transferências.

– Antes eu gostaria que todos vocês assistissem a um vídeo, bem como, analisassem alguns papéis que tenho aqui comigo.

Neste momento retirei de um volumoso "malão" uma fita de vídeo, e alguns cadernos bastante grossos com documentos sistematicamente organizados, formando três versões de um mesmo dossiê. Cada um com 200 páginas.

–Vamos começar pelo vídeo. Peço a todos silêncio e atenção com o que irei apresentar.

Dito isso coloquei a fita no aparelho, liguei a TV e apertei a função *Play*.

# Capítulo 25

O vídeo era um pouco embaçado, entretanto, dava para ver claramente uma mesa de restaurante em foco, uma pessoa sentada e uma segunda se aproximando, apertando a mão da que estava sentada e sentando junto. Após esse momento comentei:

– Desculpem-me a qualidade da imagem, entretanto, ela foi captada com uma micro-câmera. O som também não é 100%, entretanto, colocamos legendas para facilitar o entendimento, muito embora seja possível entender perfeitamente a conversa. Ela foi captada com um microfone amplificado, alta tecnologia utilizada, normalmente, por bons detetives particulares, e foi exatamente este o profissional que captou esses sons e imagens. Não se preocupem que até este momento este vídeo não foi apresentado a ninguém além de mim e eu tenho com o detetive que produziu este vídeo e outros documentos um contrato de sigilo. Ele é um profissional.

* * *

Passei as férias, "pós sequestro relâmpago," com síndrome do pânico e imaginando se alguém poderia ter armado aquilo contra mim, *não podia ser*, pensava. Entretanto, aquela ideia fixa me perseguia e logo após chegar das férias procurei indicações em relação aos famosos detetives particulares e encontrei o melhor e mais confiável através do próprio João Batista (ele somente ficou sabendo dos reais motivos há algumas semanas). Passei para este detetive uma lista de pessoas que gostaria que fossem monitoradas.

Tudo: ligações, encontros públicos, e-mails, correspondências etc. Use seus recursos para resolver tudo que fosse possível relativo ao que se passava na vida pessoal daquelas pessoas eu precisaria saber. É óbvio que o Ataíde Filho e irmãs estavam nesta lista. O que eu obtive de produto relativo a este trabalho seria apresentado naquela reunião.

Como já ia começar a conversa e eu ainda queria dizer algumas poucas palavras, apertei o botão "pause" no controle remoto e continuei:

– Esse encontro foi gravado poucos dias após minha volta das férias na Europa, um mês e alguma coisa após o meu suposto sequestro relâmpago – e completei – caso não esteja claro para vocês, a primeira pessoa que estava sentado à mesa era o Sr. Renato Magalhães, filho do Dr. Múcio Magalhães, grande empresário e filantropo que criou a instituição de caridade "Capitães de Areia". Um dos grandes incentivadores desta instituição de caridade era o pai de vocês, por ser também um grande filantropo e também por cultivar essa grande amizade com o Dr. Múcio. Como também vocês sabem, todos vocês, exceto a Patrícia, e especialmente o Ataíde Filho, existe uma relação de amizade muito forte com o Renato Magalhães, que é o atual diretor financeiro da entidade e que, devido a fragilidade do estado de saúde de seu pai, é praticamente quem comanda a instituição atualmente. O Dr. Múcio ainda é o presidente, entretanto, seu expediente se limita às sextas-feiras onde ele, basicamente, conversa com o filho sobre o caixa e as ações da entidade. Fiz uma rápida pausa e pude observar que o Ataíde Filho já começava a imaginar onde eu estava querendo chegar, apertei novamente o *play*.

Dava para perceber que se tratava de um encontro num restaurante bastante caro. As imagens foram gravadas em outra mesa do restaurante, a qual, estrategicamente, estava ao lado dos dois, com um excelente ângulo de visão. O microfone tinha ficado escondido de baixo da mesa dos "artistas deste filme" e embora com um pouco de ruído dava para ouvir bem a conversa que se desenrolou naquele dia:

– Tudo bem Renato, como vai o seu pai?

– Está bem Ataíde, está bem.

– E a instituição, vai bem?

– Vai tudo bem, sim, tudo bem.

– Vamos tomar um vinho? Vamos relaxar um pouco, você parece um pouco nervoso.

– Como é que você queria que eu estivesse?

– Garçom – Neste momento Ataíde Filho ignorou seu companheiro de jantar, pediu a carta de vinhos, escolheu um rótulo e prosseguiu na conversa.

– Está tudo bem Renato, não há motivos para se preocupar.

– Você tem certeza? Por que você me chamou para este jantar hoje, não seria melhor não aparecermos juntos?

– Você está muito tenso meu amigo – neste momento, Ataíde Filho falou com certa impaciência. – Tenha calma e vamos conversar um pouco. Não há motivos para esta postura tão imatura.

Do outro lado da mesa a impaciência também aflorou:

– Imaturo? Você primeiro me mete num plano maluco, eu como um completo imbecil aceito participar, depois descubro, antes de você implementá-lo que é uma loucura total, você me diz que é tarde demais e que precisa de mim, depois tudo dá em merda e eu no meio do atoleiro e você vem me chamar de imaturo?

– Qual é o seu problema Ataíde? Me... - A esta altura ele já estava se exaltando e falando alto e o Ataíde Filho interrompeu:

– Fale baixo. Estamos num ambiente público. Se você tiver um pouco de paciência eu te explico o motivo de eu ter te chamado para este jantar.

Nesta hora chegou o garçom com o vinho, serviu primeiramente Ataíde Filho, que havia escolhido, aguardou a aprovação, terminou de servi-lo e serviu Renato.

★ ★ ★

O Ataíde Filho continuou:

– Passei o dia em contato com o Delegado Antunes, a pretexto de saber as conclusões da polícia em relação às investigações e sabe o que aconteceu hoje?

– Não.

– As investigações foram concluídas. Sequestro relâmpago interceptado – nesse momento ele repetiu como se lesse um dossiê. – Objetivo dos bandidos era apenas conseguir dinheiro e, como é bastante comum hoje em dia, desconfiaram que a vítima era algum tipo de autoridade devido à carteira de advogado e resolveram descartá-la para evitar problemas. Os bandidos vieram a falecer em virtude de embate com a polícia. Nada de novo foi descoberto em entrevistas com pessoas ligadas aos bandidos, histórico de crimes desta natureza. "Caso encerrado". – Após repetir o texto do inquérito ele falou eufórico para o Renato: – Caso encerrado, Renato, caso encerrado.

–Você tem certeza Ataíde, tem certeza?

– Não tem como ser diferente, Renato. A única pessoa com quem eu mantive contato pessoal foi um dos que foi morto. Toda a negociação foi intermediada por mim pessoalmente, através de alguns contatos que eu tenho. Ninguém sabe com quem eu falei ou sobre o que eu falei. Eu escolhi este camarada de uma lista de dezenas de pessoas. Ninguém sabe, além de mim e ele mesmo, que nós conversamos. O negócio estava bem amarrado por mim e com a morte dos dois não há como chegarem ao meu nome, não se preocupe.

– Como é que suas irmãs estão?

– Depois que eu dei esta notícia hoje a cada uma, também pessoalmente, elas estão menos histéricas. Confie em mim, Renato, não há com o que se preocupar mais. Caso encerrado!

– Espero que você esteja certo.

– Eu estou certo. Não se preocupe.

– E agora? O que vocês vão fazer?

– Conversamos muito sobre o assunto e acho que o que fizemos foi muito arriscado, realmente. Por pouco não colocamos tudo a perder. Ainda não tenho outras ideias, vou manter meus advogados tentando achar uma saída legal, porém, por enquanto teremos cautela, vamos esperar.

– Realmente eu não sei onde é que todos nós estávamos com a cabeça quando concordamos com isso tudo. Tinha tudo para dar errado. E eu fui cúmplice de tudo.

– Relaxa, ninguém morreu, Renato.

– Duas pessoas morreram, Ataíde.

– Dois bandidos.

– Duas pessoas, Ataíde. Duas pessoas.

Quando vi aquele vídeo pela primeira vez tive um choque. A partir daquela revelação eu comecei e investigar ferozmente todo o caso.

Descobri que toda aquela "generosidade" em me conceder aumento e bônus era apenas uma forma de me levar até a armadilha. Eu acreditei naquela invenção e caí como um patinho na arapuca. Eu compraria carros, roupas caras e me tornaria um alvo fácil. Além do fato de toda aquela generosidade e atenção comigo servir como um excelente álibi. E foi. Em nenhum momento a polícia, a sociedade ou quem quer que seja, além de mim, desconfiou daquelas pessoas.

A conversa ia se prolongar mais no momento em que eu apertei o *Pause* novamente e comentei:

– Talvez a Patrícia não esteja entendendo bem o que se passou nesta conversa Ataíde Filho, entretanto, você e suas irmãs sabem muito bem do que estou falando. Na verdade, eu montei um dossiê bem mais completo do que apenas este vídeo sobre o caso. Tenho aqui comigo três cópias, uma para cada um de vocês. João, você pode distribuir por favor?

Neste momento, João Batista pegou três volumes do meu processo legal contra os "Ataíde Filhos" e entregou um para cada um. Eu já tinha decidido que até o fechamento do assunto eu não iria revelar o envolvimento da Patrícia neste assunto. No mesmo momento em que eu pensava sobre isso o Ataíde Filho comentou:

– Eu gostaria de pedir que a Patrícia se ausentasse da sala enquanto nós discutimos e analisamos esse material.

Ataíde Filho era um homem muito inteligente e esperto. Ele já deveria estar prevendo o que eu estava querendo e já estava preparando o terreno para "argumentações". Eu tinha um bom motivo para manter a Patrícia naquela sala.

– Ataíde Filho, você sabe que em qualquer audiência ou discussão judicial temos que ter no mínimo duas testemunhas. Neste caso, como as partes sou eu e vocês, vou manter o João Batista e a Patrícia como testemunhas de tudo o que se passa dentro desta sala. Sinto muito. Fique à vontade se desejar chamar mais alguém para acompanhar nossas discussões – eu tinha certeza que ele não iria chamar ninguém.

Enquanto os três analisavam os dossiês eu iniciei uma apresentação utilizando um projetor e um computador da sala de reunião. E comecei explicando:

– Como vocês poderão verificar nos documentos que entreguei, tenho *e-mails*, gravações telefônicas que recebi "anonimamente", fotos, vídeos, cópia de notas fiscais e outros documentos válidos que eu pretendo encaminhar à justiça e que comprovam o plano que eu vou apresentar a seguir.

Eu falava enquanto eles reviravam os seus dossiês. Eles olhavam para baixo enquanto eu continuava falando.

– Como estabelecido no testamento do Sr. Ataíde, caso eu morresse o dinheiro da venda das empresas seria destinado a uma instituição de caridade "Capitães de Areia". Como vocês não podiam esperar pela minha morte natural, vocês começaram a imaginar o que aconteceria se este processo fosse acelerado. Após isso, acho que a ideia deve ter partido do Ataíde Filho, se fosse possível um acordo com a instituição de caridade, seria possível colocar a mão neste dinheiro. Foi aí que entrou o Renato Magalhães. Pelas análises feitas pelo Ataíde, o grupo poderia ser colocado à venda por cerca de US$ 30 milhões. Naquele momento o passo foi convencer o amigo pessoal que o dinheiro que seria repassado para a instituição de caridade na verdade era de direito de vocês. Descobri que no começo o Renato não sabia que a ideia era me tirar do mapa. Na verdade, vocês explicaram para ele que eu estava desistindo de tudo e que não era justa a decisão do pai de vocês. Talvez pela amizade que o Renato tinha com a família ele topou o plano de repassar o dinheiro para vocês. Vocês garantiram para ele uma comissão de 5%, ou seja, cerca de US$ 1,5 milhões que, segundo Renato, ficaria com a instituição de caridade.

Eles levantaram a cabeça para verificar o que havia na apresentação.

Apenas um quadro com uma seta indicando US$ 30 milhões para a instituição e depois US$ 28,5 milhões saindo da instituição para o Ataíde & Cia.

– O esquema que foi arranjado para retirar o dinheiro da instituição de caridade é, por si só, um crime à parte. Como forma de proteger este patrimônio, o Sr. Renato Magalhães aplicaria este dinheiro no exterior, sob a desculpa de que o mesmo seria transferido para instituições de caridade em todo o mundo. Seria mais caridade em cima da caridade que o Sr. Ataíde Filho fez. Capitães de Areia ficaria com US$

1,5 milhão que seria suficiente para ela e o restante seria dividido em várias instituições de caridade internacionais. Todas de fachada. Na verdade o dinheiro iria direto para conta do Ataíde Filho, Ana Júlia e Lúcia Andrada. Ninguém iria verificar para quais instituições de caridade o dinheiro seria transferido e com o tempo vocês poderiam usufruir destes recursos. Eu particularmente acho que foi um excelente plano. Provavelmente daria certo.

Então completei:

– Quando os resultados começaram a aparecer, o Renato começou a desconfiar que eu não estaria desistindo dos negócios. Foi aí que o Ataíde abriu todo o jogo para ele e embora ele tenha tentado convencê-lo a não ir em frente, concordou em executar a parte dele no plano, acontecesse o que acontecesse. O que faz de Renato cúmplice de tudo o que aconteceu e deverá também ser incluído no processo criminal. Tenho várias evidências, incluindo o vídeo que demonstra que mesmo sabendo que o plano era me assassinar ele continuou cooperando com o plano de vocês.

Quando comecei a pensar sobre o que pretendia fazer com aquilo tudo, senti que o fato de manchar a honra do Renato Magalhães poderia também ajudar no fato do Ataíde Filho querer evitar que todo esse assunto viesse a público. Além das consequências legais, que poderiam existir, eles ficariam com a reputação devastada.

– João Batista, com base nos documentos que temos e em tudo o que aconteceu, quantos anos de prisão você acha que é possível que cada um obtenha, no mínimo?

–Vinte anos, no mínimo. Além de toda exposição pública dos crimes – completou João Batista conforme tínhamos planejado. Ele já era cúmplice do meu plano.

De repente, Ataíde Filho levantou-se, naquela altura Lúcia e Ana Júlia estavam em prantos, e demonstrando muita calma e autocontrole perguntou:

– Quanto é que você quer, Ricardo?

Eu tinha de estar preparado para aquele momento, entretanto, aquela forma direta que Ataíde falou me abalou e fez voltar à minha cabeça todas as angústias morais que eu vinha sofrendo desde que tinha decidido armar aquela negociação. Considerando o dinheiro envolvido e sua inteligência, Ataíde Filho já tinha figurado que eu pretendia ganhar dinheiro com aquela situação. E o que mais me angustiava naquilo tudo é que era verdade. A forma como ele falou me vez lembrar como cheguei até aquele momento.

* * *

Estávamos na minha casa, eu e Patrícia, revendo os últimos documentos que desvendavam toda a trama. Lembro-me de ter dito: – Com essas evidências vou colocar todo esse povo na cadeia por uns bons anos.

Patrícia comentou:

– Não sei se isso é punição suficiente. Talvez eles cumpram pena por alguns anos e depois fiquem livres. O melhor a fazer é deixar os negócios e fazer com que o dinheiro seja destinado a uma instituição de caridade.

– Acontece que o Sr. Ataíde foi explícito para qual instituição de caridade o dinheiro deveria ser destinado, com todo esse processo não sei qual a decisão será tomada. É possível que o dinheiro fique num fundo e que os herdeiros possam reclamá-lo no futuro.

– Você acha? – perguntou Patrícia.

– Na verdade eu não tenho certeza.

– Acho que a melhor punição seria tirar esse dinheiro deles, não acha?

– Ou então tirar muito mais, caso os negócios cheguem num patamar que eu acho que é possível e então tirar deles o gostinho.

– É, isso realmente iria doer – ela falou.

Naquele momento nós nos encaramos e aí a Patrícia falou:

– Você poderia cobrar, quem sabe, uma indenização milionária, uma espécie de acordo privado para livrá-los da justiça e da humilhação pública.

– Que é isso Patrícia, e deixar que eles planejem um crime contra mim e não sejam julgados por isso? Jamais.

– É maluquice minha, você tem razão, temos que levá-los à justiça, custe o que custar.

Depois fiquei alguns minutos pensando sobre aquilo tudo e pensei seriamente, pela primeira vez, como seria se eu resolvesse "negociar" com os Ataíde o preço do meu silêncio. Moralmente seria injustificável, entretanto, eu poderia pensar que na verdade eu estaria sendo indenizado por tudo o que passei. Passado a raiva e a fome de justiça inicial, até que isso poderia ser interessante do ponto de vista financeiro, muito embora devastador do ponto de vista moral. Após alguns dias voltei a tratar do assunto com a Patrícia. Ela entrou em crise e voltamos atrás. Depois de alguns dias ela me procurou e aí os dois voltaram atrás. À medida que os negócios foram caminhando e nós não decidíamos o que fazer com aquela informação, o ganho potencial foi aumentando. O interesse financeiro foi ficando maior até que um dia resolvemos montar uma estratégia para negociar com os Ataíde Filhos a liberdade e a honra deles pela minha vida.

Aquilo me perturbou muito e continuava me perturbando, entretanto, eu tinha feito um pacto comigo mesmo que após tomada a decisão eu iria até o fim custasse o que custasse. Aquela pergunta direta do Ataíde Filho me fez querer voltar atrás, entretanto, era tarde demais, era o início do meu rebaixamento para o mesmo nível que ele. Éramos iguais agora, apenas com "crimes diferentes" .

# Capítulo 26

Eu quero que vocês imaginem que o plano de vocês foi bem-sucedido e que eu morri – continuei seguindo meu plano à risca.

Alguns segundos se passaram, tempo suficiente para Ataíde Filho entender e gritar:

– Filho da p., filho da p.!!!, você quer nos roubar uma verdadeira fortuna!!!

Lúcia e Ana Júlia ainda choravam vislumbrando a prisão e faziam cara de interrogação pois não estavam entendendo nada. Seus maridos estavam mudos como se aguardassem o fechamento da minha discussão com Ataíde. Eles também pareciam não estar acompanhando nada.

Como falei, eu já tinha me rebaixado àquele nível e teria que continuar com a negociação.

– Eu não vou tolerar mais ofensas. Como se não bastasse a tentativa de me matar ainda terei que ouvir desaforos. Mais uma palavra de baixo nível e eu suspendo as negociações e entrego tudo à polícia. Na verdade eu ainda não terminei de mostrar todo o cenário para vocês. Dito isso dei o cheque-mate:

– Neste exato momento há quatro advogados com envelopes lacrados estrategicamente posicionados em órgãos da justiça. Como a lista de crimes que conseguimos identificar dos atos praticados por vocês e pelo Renato Magalhães é muito grande, temos certeza de que cada um desses órgãos achará pontos passíveis de análise nos nossos processos. O advogado líder do grupo está na polícia civil e temos um dossiê que nos dá condições de solicitar a prisão preventiva de vocês ainda hoje, caso necessário. O controle desses lacres está comigo e com o João Batista e esses advogados estão esperando nossa ordem para protocolar os processos, e o advogado líder, para ir atrás do pedido de prisão preventiva.

– Filho da p., filho da p... – falou baixinho o Ataíde Filho enquanto dava voltas em torno de si mesmo.

– João Batista, por favor, coloque todos os advogados em conferência no viva voz. Vou dar a ordem para protocolar os processos – falei dando a entender que tinha escutado bem mais este xingamento do Ataíde Filho.

Neste momento ele gritou.

– Calma, eu preciso de um tempo para pensar.

– Nós só sairemos desta sala após resolvermos esta situação. Você tem cinco minutos.

– Só isso, eu preciso consultar meus advogados e...

– Ataíde Filho, eu já estou fortemente arrependido de ter iniciado essa negociação, na verdade eu estou morrendo de vontade que vocês me mandem à merda para que eu possa processá-los como eu quero, só que eu já dei uma opção a vocês e vou manter minha palavra caso vocês aceitem minha proposta, do contrário, pode ter certeza que eu dormirei muito melhor hoje sabendo que vocês irão à justiça e que em breve estarão atrás das grades. Por favor, não abuse da minha paciência, lembre-se que se dependesse da sua vontade hoje eu não estaria mais neste planeta. Vocês têm cinco minutos! – falei já sem paciência, talvez mais com raiva de mim mesmo do que deles. Na verdade eu me sentia agora tão sujo quanto eles.

– João, por favor, segura a ligação para daqui a cinco minutos.

Quando comentei que estava me arrependendo de tudo isso era verdade. A essa altura Patrícia já estava com os olhos cheio de lágrimas. Eu estava muito nervoso e particularmente envergonhado. O que Lúcia Andrada, Ana Júlia e seus maridos não estavam entendendo e que o Ataíde iria explicá-los nestes cinco minutos é que eu estava pedindo US$ 150 milhões de dólares para ficar quieto. Para ser exato, US$ 150 milhões e alguns centavos. Minha proposta é que eles ficassem com o montante que ficariam se eu estivesse morrido, já descontado a parcela que ficaria com a instituição de caridade, ou seja, da parte do total que os três teriam que receber apenas US$ 28.5 milhões ficaria com eles e o restante seriam transferidos para contas no exterior não em nome deles e sim para onde eu estava indicando, ou seja, iria para mim.

Era um golpe baixo, até por que eu tinha deixado para eles um valor equivalente ao que eles ganhariam se eu tivesse morrido. Eu tinha pensado nisto como uma forma de poder ter um argumento para "fechar negócio". Na minha cabeça eu achava que eles preferiram a prisão a ter de ficar com nada. Eles eram muito orgulhosos. Entretanto, se eu lhes desse um bom argumento para aceitarem me pagar US$ 150 milhões, eu achava que eles aceitariam e se contentariam com o que eles conseguiriam caso eu morresse. Na verdade a única coisa que eu pedia para eles naquele momento é que eles "fingissem" que o plano deles tinha dado certo. Como se eu tivesse morrido. Ainda existia o ponto de que a "Capitães de Areia" iria receber US$ 25 milhões, ou seja, eles ainda poderiam negociar com o Renato Magalhães uma parte neste bolo. Pelo fato de ser, na minha cabeça, um excelente negócio para eles é que eu vinha sofrendo. Afinal, era nítido que minha motivação era o dinheiro, que eu tinha vendido a "minha alma" e estava negociando um crime contra o meu bem mais valioso, minha vida, por uma quantia. Não importa o quanto fosse. Eu também estava cometendo um crime. Como advogado eu deveria buscar a justiça, entretanto, eu estava disposto a encobrir um crime em troca de benefício financeiro. Era inescrupuloso e vulgar, entretanto, como eu já havia pensado, não iria voltar atrás, a decisão estava tomada. Naqueles minutos angustiantes várias vezes eu pensei o quão reconfortante seria se eles não topassem minha proposta, afinal, eu não precisava de mais dinheiro. Caso tudo desse certo e Patrícia e eu ficássemos juntos, ela já receberia uma grande fortuna, cerca de US$ 40 milhões. Era incrível, mas nós queríamos mais. Não sei até que ponto a ideia de que a perda do dinheiro seria uma punição mais severa nos convenceu, entretanto, naquele momento, durante a negociação, ficou claro para mim que eu tinha me vendido e que eu tinha me corrompido.

Mais ou menos no segundo minuto, Ataíde Filho me fez uma pergunta pela qual eu me senti mais diminuído: "Trinta ou vinte e oito e meio?" – eu realmente estava apresentando meu preço: "Vinte e oito e meio" – falei. Esse era o valor que eles teriam que dividir, a diferença era minha. *Tomara que eles não aceitem, tomara que eles não aceitem* – pensei quando três minutos tinham se passado.

⋆ ⋆ ⋆

–Vocês não entenderam o que ele quer? – falou o Sr. Ataíde Filho para suas irmãs, reunidos em "assembleia" para decidir o que fazer. – Foram apurados US$ 250 milhões. Destes US$ 59 milhões deveria vir para cada um de nós, US$ 41 milhões para Patrícia e a mãe, US$ 25 milhões para "Capitães de Areia" e US$ 6 milhões para minoritários. – O que ele quer é que nós três fiquemos com US$ 28,5 milhões e o restante seja dado para ele. O Ataíde continuou explicando:

– Pois bem, como nós ganharíamos US$ 28,5 milhões caso ele tivesse morrido no atentado, ele quer que nós imaginemos que nosso plano deu certo e que nós ganhamos este dinheiro. A diferença deste valor para o total da nossa parte na venda da empresa é que dá os US$ 150 milhões, entenderam? Esse é o dinheiro que ele quer para não nos levar à justiça.

– Filho da p., filho da p. – falou Ana Júlia, finalmente entendendo o "filho da p.." anterior do irmão.

– Cale a boca Ana, ele tem advogados posicionados para nos entregar e não quer mais ouvir xingamentos.

– Ele não vai nos entregar, ele quer o dinheiro – ela falou.

– Não sei não. Pelo que conheço do sujeito, ele está vivendo um conflito pessoal grande e na verdade está um pouco arrependido do que está fazendo. Ele cedeu a tentação do dinheiro e está se arrependendo. Acho que nós temos que decidir, pois acho que ele não vai vacilar na hora de nos levar a justiça.

– Então o que é que nos vamos fazer? – perguntou a Lúcia.

– Eu ainda não sei. Temos alguns minutos para decidir. Estava pensando não só na nossa exposição, como também na do Renato Magalhães. Nós acabaríamos com a reputação deste homem. Não é justo, ele é muito nosso amigo. Nós cometemos um erro grave e talvez este deva ser o menor preço para pagarmos. Além do mais poderíamos depois tentar achar algum meio de reaver esse dinheiro, não sei!

– Tá louco "Ataidinho", qualquer coisa que fizéssemos faria com que ele fosse a justiça.

– Só se acabássemos com ele de vez – falou Ataíde.

– Com ele só não, com ele, com o João Batista, com a Patrícia e sabe mais lá quem ele pode ter deixado instruções para nos entregar caso ele morra.

–Você tem razão, não temos saída, vamos aceitar – falou Ana Júlia.

– Afinal, ainda teremos um bom dinheiro.

–Também podemos tentar fazer um acordo com o Renato explicando que o poupamos da exposição, o que vocês acham? Falou Lúcia.

–Vocês têm um minuto – falou Ricardo.

Antônio Rodrigues resolveu romper o silêncio e se dirigiu a José Ricardo falando:

–Vamos dividir meio a meio, já é bastante dinheiro para você!

* * *

–Vamos dividir meio a meio, já é bastante dinheiro para você!

Aquelas palavras do Antônio Rodrigues eram o que bastava para eu "cancelar" aquela maluquice de uma vez. Ao ouvir isto eu falei:

– Tempo esgotado. João Batista, não temos acordo, favor colocar todos os advogados em conferência.

Neste momento João Batista começou a colocar os advogados um por um em conferência. Um silêncio reinava na sala, quando todos os advogados me ouviam falei.

– Meus caros, como vocês foram orientados, após eu indicar o momento com a palavra "Atenção", irei falar um dos seguintes comandos:

"Protocolar!" – que significa entregar os processos e protocolá-los nos respectivos órgãos. Caso eu diga "Devolver", vocês deverão trazer todos os envelopes lacrados para o João Batista. Entendido?

Todos responderam no viva voz, em alto e bom som que sim. Neste momento coloquei o telefone em "Mute" e falei para a minha plateia:

– Além das vias que existem com vocês, existem essas cinco vias com os advogados, mais uma via com uma pessoa de minha plena confiança que somente será utilizada caso aconteça algo inexplicável comigo, além de uma via em meio eletrônico comigo e com mais outra pessoa diferente da que está em poder da versão em papel, apenas para minha segurança. Garanto que vocês ficariam seguros se fechássemos um acordo. Após liberar o "mute" vou dar o comando que nós não chegamos a uma acordo. Não estou aberto a contrapropostas.

Dito isso retirei o botão de mute e iria dar o comando protocolar quando o Ataíde Filho falou:

– Nós aceitamos!

Pedi para os advogados aguardarem mais um minuto e coloquei em "mute" novamente.

– Ataíde Filho, vocês aceitam minhas condições? – Era incrível, porém eu estava triste com esta decisão. Já me via fazendo o que era certo, mesmo sabendo que eu já tinha me "rebaixado", pelo menos eu tinha dado uma chance para eles e eles não aceitariam, entretanto, não foi o que aconteceu. Eles aceitaram minhas condições.

– Sim. José Ricardo. Pode nos passar os papéis da transferência dos valores para você.

Após isso, João Batista abriu os envelopes devidos, pegou um cartão de autógrafos do todos os integrantes daquela sala e passou os documentos para assinatura das "doações" e transferências. Enquanto todos assinavam, eu falei meu último "script". E estava enojado comigo mesmo:

– Eu terei pessoas de minha confiança monitorando vocês. Caso vocês ou alguém de suas famílias entrem na justiça contra mim, façam alguma coisa com um familiar meu, os quais jamais conhecerão esta história, tentem me localizar, ou fazer qualquer ato que possa me prejudicar, automaticamente dossiês eletrônicos e reproduções manuais serão encaminhadas à justiça. Está claro?

Ninguém respondeu. *Quem cala consente*, pensei. Após alguns minutos, João Batista conferiu toda documentação e comentou:

– Está tudo assinado José Ricardo. Já posso dar entrada nas doações e transferências de recursos com esses papéis para a sua conta e as contas dos demais no exterior. – A documentação foi preparada para oficializar todas as transferências da Holding para as pessoas físicas, inclusive para mim, bem como, para a instituição de caridade.

– João Batista, você pode repetir os valores das transferências que você irá processar?

João Batista complementou:

– De acordo com esses documentos serão efetuadas as seguintes transferências. Ele indicou as contas pessoais de cada um no exterior, relacionando os valores, como segue: Ataíde Filho e Irmãos, US$ 28,5 milhões; Patrícia e mãe, US$ 41 milhões; "Capitães de Areia", R$ 25 milhões e José Ricardo US$ 149 milhões, com todos os valores detalhados.

– O.k.! João Batista, você pode ir agora. – Assim que o João Batista saiu da sala eu coloquei mais uma vez os advogados em conferência e procurei saber:

– Por favor, me confirmem se todos estão me ouvindo – mais uma vez um por um todos advogados confirmaram me ouvir.

– Atenção! – era o momento final do meu plano.

Bastava agora mandar "Devolver" que tudo estaria acabado, entretanto, a vontade de ver todo aquele pessoal pagando por seus crimes era maior do que até mesmo o risco de perder o dinheiro. Dane-se o dinheiro, eu nunca precisei de US$ 150 milhões para viver e porque precisaria agora. Eu iria mandá-los para a cadeia agora mesmo.

* * *

Onde é que eu estava com a cabeça afinal. Eu tinha acabado de fechar um negócio. Totalmente reprovável do ponto de vista moral, entretanto, era um negócio. Eu não podia voltar atrás. Eu tinha dado minha palavra e não poderia voltar atrás, estava feito. Eu podia mudar, mandar prendê-los ou seguir com o plano. O nível de tensão na sala era grande, minhas mãos suavam, Patrícia a essa altura já chorara bastante imaginando o que eu poderia fazer, Ataíde Filho gritava "Mantenha sua palavra Ricardo, Mantenha sua Palavra!!!", Ana Júlia e Lúcia também gritavam chorando: "Você deu sua palavra, você prometeu e nós aceitamos, você nos deu esta opção e nós aceitamos, mantenha sua palavra Ricardo, mantenha sua palavra. As duas gritavam juntas.

Neste momento Patrícia gritou: "Mantenha sua palavra Ricardo, mantenha sua palavra!!!"

Naquele instante a ficha caiu. Todos viraram para a Patrícia assustados com o envolvimento dela na situação. Ela repetiu:

– Mantenha sua palavra Ricardo, mantenha sua palavra!

Ataíde Filho e suas irmãs não entenderam a posição de Patrícia.

Até ela estava me dizendo o que eu devia fazer, enquanto eu pretendia voltar atrás, salvar minha moral, cancelar a transferência de dinheiro e mandar todo mundo para a cadeia. Mandar protocolar e correr atrás do João Batista para que os documentos originais fossem assinados. Nada para mim. Eu estava desistindo do meu plano maluco naquele instante.

Agora era Patrícia, Ana Júlia, Lúcia e Ataíde Filho que gritavam:

– Mantenha sua palavra, MANTENHA!

Os advogados do outro lado da linha não estavam entendo nada. Eu estava decidido a voltar atrás, entretanto, eu já não sabia mais o que era certo e o que era errado. Eu já tinha decidido e tinha de manter o meu compromisso. As palavras que pronunciei naquele próximo segundo mudou minha vida em definitivo, falei ao som do "Mantenha sua palavra, mantenha sua palavra."

– DEVOLVER!!! DEVOLVER!

Estava tudo acabado.

* * *

Após pronunciar aquelas palavras Patrícia e eu demos seguimento ao nosso plano que incluía deixar o país, levando apenas a mãe dela, a qual nos acompanharia para onde quer que fossemos. Com o dinheiro da Patrícia e a minha parte no bolo não teríamos problemas em dar todo o tratamento de saúde que ela precisasse.

Embora fosse um momento para comemorar, eu me sentia o pior homem do mundo, me senti um lixo.

# Capítulo 27

O cenário era bucólico. Interior da França, numa fazenda de pouco mais de 20 empregados, todos gerenciados por mim. Eu só precisava prestar contas para os donos da fazenda. Um casal de aposentados bem simpáticos para os quais eu cuidava de todos os empregados, da contabilidade e todo tipo de papelada, em troca de um pequeno apartamento um pouco afastado da casa principal e de um salário de 800 euros.

Dez anos tinham se passado desde aquele dia em que eu resolvi dar seguimento a um plano no qual eu negociei minha própria vida. Literalmente. Eu nunca me perdoei pelo crime que cometi contra mim mesmo, meus princípios e meus valores. O crime que aquelas pessoas tentaram contra mim era fichinha perto do que eu tinha feito para mim mesmo. Eles pelo menos tinham uma motivação familiar. Minha atitude não teve justificativa. Eu me tornei uma pessoa extremamente infeliz e descontente comigo mesmo.

Patrícia percebeu que eu estava diferente já no voo em um jato particular que fretamos para a Europa, dias depois do episódio. Ela pediu champanhe e sorria bastante enquanto eu não conseguia mostrar um único dente. Já no voo eu enchi a cara e fui um péssimo companheiro de viagem. Os problemas começaram ali. Durante os cinco anos que ela ainda conseguiu me aguentar na Europa eu era um homem extremamente difícil. Revoltado comigo mesmo, infeliz pelo que tinha feito e sem perceber, comecei a encará-la como uma das pessoas culpadas pelo que fiz. Como se isso existisse. Eu era culpado e tudo isso é muito claro para mim hoje, tantos anos depois. Eu culpei-a pelas minhas fraquezas. Ela, pelo menos, estava equilibrada com a decisão que tinha tomado. Eu mal conseguia deitar à noite e dormir.

Eu não consegui tocar no dinheiro que eu tinha "extorquido" daquela família. Eu simplesmente não conseguia considerar aquele dinheiro como meu e resolvi não utilizá-lo. Vivi durante todos os anos iniciais com Patrícia as custas dela e depois que ela me abandonou, utilizei apenas o mínimo necessário para viver, num padrão de vida baixíssimo.

Patrícia me aguentou até a mãe dela falecer. Depois disso ela foi embora e disse para eu procurar ajuda. Eu não conseguia viver. Enquanto eu sofria com minhas angústias e vivia de um país para outro tentando esquecer o que tinha feito. Tornei-me uma pessoa intragável até para mim mesmo. Há uns três anos pensei em como consertar o que tinha feito. Foi num dia em que fiz amizade com um grupo de turistas no interior da Inglaterra. Literalmente fechei um bar e paguei uma farra para dezenas de pessoas. Que eu me lembre foi a primeira extravagância e a única que fiz como milionário. Devo ter gastado uns 50 mil euros numa única noite. Naquela altura minhas contas em paraísos fiscais montavam a US$ 158.398.407. Eu todo dia conferia "minhas" aplicações. Na verdade eu não gastei nada enquanto estava com ela. Tantos anos depois eu ainda não tinha me perdoado e não achava que tinha direito àqueles valores.

Naquele dia cheguei na minha pensão e fiquei olhando para o teto. A cabeça cheia de álcool. Puxei da gaveta o último extrato e conferi os valores. Pensei alguns segundos e tomei a decisão que começou a mudar minha vida novamente, para melhor.

Liguei naquela mesma hora para o João Batista. O velho amigo ainda estava na ativa. Ele tentou me dar notícias da Patrícia e dos outros, entretanto, eu não queria saber de nada. Nada que pudesse influenciar na minha decisão. Pedi apenas para ele preparar os papéis para que eu transferisse para os netos do Sr. Ataíde a quantia de US$ 158.298.407, mais os juros até a data da transferência. Iria ficar com US$ 100 mil para pagar a conta do bar e para viver até arranjar um local para morar e trabalhar.

Paguei as contas do João Batista para que ele viesse até a mim. Eu já estava morando na Itália. O velhinho ainda tinha muita saúde. Conferi os documentos. Estava tudo perfeito, podia ainda confiar plenamente nele. Após a assinatura dei um abraço nele e pedi desculpas por te-lo envolvido nisso tudo.

Lembro-me de que ele fez uma expressão de surpresa ao me ver. Roupas baratas, barba por fazer. Nada que demonstrasse que eu estava levando uma vida de milionário na Europa. E eu não estava. Despedi-me dele e falei que provavelmente nunca mais iria vê-lo.

Fiz umas contas do que daria para fazer com os meus US$ 50 mil e aluguei um carro e saí dirigindo por aí. Ao chegar à França, depois de dois dias, fiz uma checagem das minhas contas e observei que o saldo já era de US$ 48 mil. Todas as transferências tinham sido feitas. A essa altura os netos do Sr. Ataíde tinham muito que comemorar. Era incrível, entretanto, aquele era para mim o melhor dia dos últimos seis anos. Para completar o meu dia, ao passar por uma fazenda na estrada, vi uma placa de procurar-se gerente. Parei e conversei com o Sr. e Sra. "Jean Michell" e fechamos um contrato de trabalho informal no qual eu trabalharia em troca de um lugar para ler e de uns poucos trocados ao final do mês. Foi um milagre.

⋆ ⋆ ⋆

Olhando aquele visual mais uma vez, gados, árvores e sentido uma leve brisa, lembrei que já fazia quatro anos que eu morava ali. Nesses anos ganhei a total confiança do Sr. Jean e também dos empregados. Meus momentos de lazer eram dedicados à leitura. Não tinha *hobbies*, só estudava e lia. Estava começando a me perdoar pelos meus pecados, entretanto, ainda não estava 100% reabilitado. Talvez um dia eu consiga me olhar no espelho sem cobranças, entretanto, aquele dia ainda não tinha chegado. Enquanto isso, eu iria viver minha vida. De vez em quando eu tentava esquecer de tudo que acontecera há dez anos, entretanto, era difícil. Talvez um dia eu me perdoe. Talvez um dia eu volte ao Brasil. Não tenho certeza. Tinha muita vergonha em encarar aquelas pessoas e até minha família.

Gostaria de ter amadurecido mais com aquela experiência. Sentia como se nos últimos anos eu tivesse regredido pessoal, física, intelectual e moralmente. Precisava de um tempo para evoluir e me encontrar. Tinha ficado muito frustrado comigo mesmo depois de tudo aquilo e precisava superar. A devolução do dinheiro foi o primeiro passo, porém, não era suficiente.

Talvez um dia eu vença esse trauma. Enquanto isso eu iria me ocupando de plantações, gados, contabilidade e impostos básicos e também de leitura, o *alimento do espírito*, eu pensava. Apesar de dez anos terem se passado desde aquele dia em que eu quase matei o meu espírito "de fome", ele continuava faminto e eu tinha de cuidar dele para quem sabe, voltar a ser o homem que um dia tanto me orgulhei de ser.

## Obras da autora publicadas pela Galera Record

**_Série_ Slammed**
*Métrica*
*Pausa*
*Essa garota*

**_Série_ Hopeless**
*Um caso perdido*
*Sem esperança*
*Em busca de Cinderela*
*Em busca da perfeição*

**_Série_ Nunca jamais**
*Nunca, jamais*
*Nunca, jamais: parte 2*
*Nunca, jamais: parte 3*

**_Série_ Talvez**
*Talvez um dia*
*Talvez agora*

**_Série_ É Assim que Acaba**
*É assim que acaba*
*É assim que começa*

*O lado feio do amor*
*Novembro, 9*
*Confesse*
*Tarde demais*
*As mil partes do meu coração*
*Todas as suas (im)perfeições*
*Verity*
*Se não fosse você*
*Layla*
*Até o verão terminar*
*Uma segunda chance*